KB033942

마음이 답답할 때
꺼내보는 책

마음이 답답할 때
꺼내보는 책

김민경 지음

siso

코로나19가 유행하면서 '코로나 블루, 레드, 블랙'이라는 신조어가 생겼다. 코로나 블루는 거리 두기 등으로 일상생활이 위축되어 하고 싶은 일들을 못 하게 되면서 우울해지고 무기력해지는 것을 말하고, 코로나 레드는 감정이 상한 것이 지속되다가 억울함이 커지고 결국은 분노로 폭발하게 되는 것을 지칭한다. 그리고 계속 진행되어 더 이상 아무것도 할 수 없을 것처럼 좌절하고 절망과 암담함만 남은 상태를 코로나 블랙이라고 한다. 코로나가 신체적인 건강만 위협하는 것이 아니라 마음에도 영향을 끼친다는 것을 잘 표현한 말이기는 하지만 정확하게 따져보면 코로나로 인해서 이런 문제가 생긴 것이 아니라, 우리나라의 정신건강 지표는 원래 암울할 지경으로 좋지 못했다.

OECD 국가 중에 자살률이 제일 높다는 것은 이제 더 이상 뉴스거리가 되지 못한다. 다른 분야는 눈부시게 발전해왔고 어떤 부분은 이미 선진국 수준을 뛰어넘었다고 하는데 유난히도 정신건강 분야는 아주 뒤떨어져 있다. 수천 년 동안 이어오던 단일 민족국가가 서구 문물에 개화하는 시기에 그만 삐끗해서 일제 강점기라는 치욕을 겪다가 외세에 의해 해방되고, 동족상잔의 아픔을 딛고 일어나야 했던 혹독한 역사 속에서 사는 것이 너무 어려웠기에 오직 잘 살아 보자며 경제발전에 모든 것을 걸고 달려와서 결국 한강의 기적을 이루었다.

그러나 안타깝게도 잘 사는 것을 부자가 되는 것으로만 아는 나라가 되었다. "그 집 엄청 잘 살아"라는 말은 그 집에 돈이 많다는 이야기로 굳어졌다. 사실 잘 산다는 것은 부자라는 것과는 다른 의미다. 돈이 없어도 잘 살 수 있는 것이고 아무리 돈이 많아도 잘 살지 못할 수 있는 것이 인간이다. 잘 산다는 것, 즉 잘 있는 것, 잘 지내는 것을 영어로는 웰빙(wellbeing)이라고 표현한다. 단어 그대로 "잘", "존재하는 것"이다. 세계보건기구에서는 건강을 정신적, 심리적, 사회적으로 웰빙, 즉 잘 지내고 잘 사는 것으로 정의한다.

우리의 정신건강이 문제가 되고 있다는 것은 많은 사람이 잘 지내지 못하고 있다는 것을 의미한다. 가정에서 부부간에 화합하지 못한 채 제대로 사랑하는 모습을 보여주지 못하고 다투다 보니 자녀들은 잘 수용받고 인정받지 못한다고 느끼며 성장한다. 학교에서도 왕따와 폭력에 노출되면서 세상은 힘들고 무서운 곳이 되었다. 항상 남과 비교하고 경쟁하며 자칫 잘못하다가는 나락으로 떨어질 것처럼 조마조마하고 안간힘을 주고 살다 보니 항상 외롭고 불안하고 우울하며 화가 난다. 이렇게 수많은 정신적 문제들이 우리를 옥죄고 있다.

더욱 안타까운 것은 이런 문제를 풀어주는 전문가인, 정신건강의학과 의사와의 대면을 꺼린다는 점이다. 정신건강의학과는 이상한 사람들이나 가는 데라는 편견이 너무 뿌리 깊게 박혀있다. 정신건강의학과는 심한 정신적 장애를 가진 사람들만 치료받는 곳이 아니다. 일상생활에서 상처받고 이해받지 못해서 외롭고 힘들 때, 삶의 방향을 잃어버리고 의미와 가치를 찾지 못해 지쳐갈 때, 사람들과의 관계에서 불편하며 껄끄러울 때, 자존감이 떨어지고, 우울하며, 불안하고, 화가 나고, 걱정이 가득 찰 때, 결정하지 못하고, 사랑하는 사람을 잃었을 때 등등 삶에서 겪는 여러 감정적인 어려움을 해소하기 위한 곳이며, 그것에 대한 전문가가 바로 정신건강의학과 의사이다.

저자는 이 책에서 정신건강의학과 진료가 어떤 식으로 이루어지고 어떻게 사람을 도울 수 있는지를 잘 보여주고 있다. 큰 병원을 오래 운영하고 많은 환자를 치료해오며 경험한 풍부한 임상 자료를 바탕으로 저자는 자신이 만나왔던 모든 사례를 녹여서 한 권의 책으로 깔끔하게 정리해냈다. 시중에는 이미 수많은 정신건강 관련 서적과 자기계발서가 나와 있지만, 보통 그런 책들은 "이럴 때는 이렇게 해라. 그것은 이런 것이다" 하며 가르치려는 방식으로 쓰여서 가뜩이나 힘들고 지쳤을 때 읽어보면 오히려 부담스러운 경우가 많다. 그러나 이 책은 전체를 대화하는 양식으로 만들어 질문에 조곤조곤 친절하게 대답하는 형태이다. 책을 읽는 것만으로도 실제 저자와 만나서 서로 이야기를 나누는 것 같은 경험을 할 수 있다.

전공의 시절부터 저자가 성장해오고 자신의 일을 잘 감당해가는 모습을 지켜봐 온 필자는 그녀가 환자를 돕기 위해 얼마나 최선을 다하고 있는지를 잘 알고 있다. 실제 상담하며 고민했던 내용을 정리한 이 책이 비록 직접 상담을 하지는 못하더라도 마음속 고통 때문에 힘들어하는 독자들에게 큰 도움이 될 것임을 확신한다. 단순히 힘을 내라는 것이 아니라 어떻게 해야 할 것인지 구체적인 방법론까지 포함된 이 친절한 안내서는 험한 세상 속에서 고립된 것 같은 사람들에게 훌륭한 위로가 될 것이다.

우리는 필연적으로 사회적 동물이다. 그러면서도 서로 의지하면서 살아가기보다 서로 상처를 주고받는다. 비록 지금 외로움, 불안과 걱정 속에 시달리고 있더라도 저자와 함께라면 번아웃, 화병, 직장 스트레스, 비교병, 중독, 대인관계 문제, 세대 간 갈등, 결정 장애 등 일상생활에서 겪을 수 있는 여러 문제뿐만 아니라 공황 장애, 조울증, 분노조절장애, 조현병, 자살 등과 같은 주제도 용기를 가지고 접근해 볼 수 있을 것이다. 그야말로 마음이 답답할 때면 언제든지 꺼내볼 수 있는 그런 책이 될 것이다. 저자의 말처럼 이 책을 통해 스스로를 들여다보고 주위를 따스한 눈으로 돌아볼 수 있다면 우리는 좀 더 행복해지지 않을까.

채정호
가톨릭대학교 서울성모병원 정신건강의학과 교수
긍정학교 교장, 행동하는 긍정네트워크 옵티미스트 클럽 회장

깊은 마음의 상처가
아물 때까지

제가 아이를 출산하고 처음 해보는 육아에 정신이 없었을 때였습니다. 그날도 조리원에서 허겁지겁 미역국을 먹고 있는데, 갑자기 담당 의사가 면담을 요청하셨습니다. 담당의는 제 아이가 수술이 필요할지 모르겠다고 말씀하셨고, 그 순간 저는 너무 놀랐습니다. 하지만 이성을 잃지 않으려고 했습니다. 재빨리 병원을 알아보고, 진료를 예약하고, 백방으로 병에 대한 정보를 모았습니다.

수일 후 치료에 관해 설명을 듣고 일사천리로 의사 결정을 해나갔습니다. 그리고 다시 조리원에 도착한 순간, 아이를 침대에 내려놓고 나자 기운이 쭉 빠지는 겁니다. 일단 필요한 모든 일을 다 했다고 생각하니 그동안 꾹꾹 참아왔던 슬픔이 북받쳐 올라왔습니다. 혼자 눈물을 뚝뚝 흘리고 있는데, 조리원의 간호사가 들어와서 그 모습을 보곤 왜 우느냐고 물어보시더라고요. 제 이야기가 끝나자 "엄마가 힘을 내야 해요. 울지 마세요." 그러는 겁니다. 머리로는 당연히 알지요. 그렇지만 그동안 겨우 참았던 슬픔을 살짝 꺼냈을 뿐인데, 힘을 내라니요.

힘든 사람에게 힘을 내라는 말이 이렇게 기운 빠질 수도 있구나 싶었습니다. 물론 그분은 조금이라도 위로해주려고 하신 말이었음을 압니다. 이 또한 머리로는 이해하는데, 마음에 와닿지 않았어요.

우리는 흔히 힘든 사람을 만나면 "힘을 내", "이제 그만 툭툭 털고 일어나야지" 하며 위로의 말을 건네곤 합니다. 이는 힘든 사람을 보면 무슨 말이라도 해주어야 할 것 같은 부담을 느끼기 때문입니다. 순수한 선의로 말하지만, 사실은 당사자에게 그다지 도움이 되지는 않습니다.

정신분석으로 유명한 가바드(Glen O. Gabbard) 교수는 우울하고 상심이 큰 사람들에게 서둘러 격려하지 말라고 이야기합니다. 격려하고 충고하려거든 차라리 그냥 그 사람의 말을 들어주라고요.

우리는 슬플 때나 힘들 때 주위로부터 "조금만 더 노력해봐, 힘을 내"와 같은 말을 너무 많이 듣습니다. 그런데 노력해도 안 되는걸요. 그래서 더 마음의 문을 닫게 돼요. 슬프다면, 괴롭다면, 그 순간에 좀 머물 수 있어야 합니다.

먼저 내 감정을 알아야 그 순간을 헤쳐나갈 힘을 가질 수 있습니다. 누군가가 힘들어한다면 "힘 내. 원래 인생이 그런 거지, 난 더한 일도 견뎌냈어"라고 말하기보단 차라리 그 일을 모른 척해주거나 "힘들었겠어요" 하는 정도로 위로하는 것이 좋습니다.

상담 중에 내담자가 자기도 모르게 눈물을 흘리게 되는 경우가 많은데, 많은 분이 당황해하며 "왜 눈물이 나는지 모르겠어요"라고 말합니다. 내 감정을 드러낸다는 것이, 눈물이 흐른다는 것이 당황스럽고 누군가에게 그런 자신의 모습을 보이는 것이 걱정스러울 테지요. 더군다나 내가 약한 감정을 드러냈을 때 따뜻하게 위로받은 경험이 별로 없다면 더욱 그럴 수 있습니다. 상처받지 않는 가장 안전한 방법은 누구도 믿지 않는 것일 테니까요. 그럴 때 저는 내담자들을 향해 말합니다.

"지금 여기서는 얼마든지 눈물 흘리셔도 됩니다. 슬픔에 좀 더 머물러도 괜찮습니다."

여러 내담자를 상담해보면, 정신과 상담의 특성상 모두가 갈등의 한가운데 서 있는 경우가 많습니다. 마찬가지로 저도 길을 잃어 바다 한가운데 표류하는 심정을 느끼기도 합니다. 그럴 때마다 마음을 다잡고, 어디로 가야 하는지 바람을 느끼고 방향을 잡아 조금씩 나아가려고 노력합니다. 그러면서 자신에게 맞는 해결책을 천천히 찾아가는 것입니다. 그 순간의 잘못된 선택과 판단은 자신뿐 아니라 가족에게 엄청난 고통과 슬픔을 안길 수 있습니다. 순간순간 나의 모든 것을 내려놓음이 나중에 인생의 큰 그림을 그리는 나만의 해결책이 됩니다.

지금도 누군가에게 속 시원하게 말하지 못하고, 끙끙 앓고 계시는 분들에게 이 책이 조금이나마 도움이 되었으면 좋겠습니다.

2021년 4월 어느 날
김민경

차례

3장. 불안과 걱정에서 벗어나기

1장

오늘도 상처받은
당신에게

이젠 더 이상 태울 열정도 없어요

번아웃 증후군

• 요즘 "정말 지친다", "도저히 못 견디겠다!"
  이런 말을 달고 사는 것 같아요.

○ 번아웃 증후군이라고 들어보셨을 거예요. 현대인이라면 누구나 흔히 겪게 되는 증상입니다. 어찌 보면 살아오면서 정말 열정적으로 무언가에 헌신했는데, 이제는 에너지가 하나도 남아 있지 않고 너무나 지치고 무기력해진 스스로의 모습에 실망

하게 되는 상태가 아닐까 합니다.

"이제는 더 이상 못할 것 같아요!", "매일매일 저에게 요구하는 사람만 많고, 저도 너무 지치거든요. 그런데 이런 제 모습을 보고, 오히려 왜 그러냐고 하니까 그런 말이 더 상처가 되는 것 같아요!" 등 내담자들이 토로하는 말들은 모두 마음의 지침에서 시작됩니다. 축 늘어진 어깨를 하고 상담실로 들어와서 기운 없는 목소리로 하는 말을 들으면, 안타까운 마음에 저도 모르게 같이 기운이 빠집니다.

- **생각해보면 번아웃된 사람들을
  상담하는 상담사나 치료자도 번아웃 증후군을
  겪을 수 있을 것 같아요.**

○ 당연히 그렇습니다. 사실 번아웃의 개념을 처음 말한 사람은 허버트 프로이덴버거(Herbert Freudenberger)라는 정신분석가인데요, 중독 문제가 있는 사람을 상담하는 직원들의 모습에서 마치 약물 중독자와 비슷한 무기력한 상태를 발견했습니다. 그것을 처음으로 '번아웃'이라고 표현했는데요, 긴장의 연속인 공간에서 일하는 중환자실 의료진, 사회 취약 계층을 상담하는

사회복지사, 자주 재발하는 특징을 가지고 있는 중독 질환을 치료하는 사람들에게서 흔히 발생한다고 알려져 있습니다.

　제가 일하는 병원에서도 의사나 간호사, 사회복지사 등 많은 직원이 팀으로 일하는데, 번아웃 증후군을 보이지 않는지 서로 신경을 쓰고 있습니다. 너무 흔하기 때문이죠. 그런데 요즘은 하는 일의 종류와 상관없이 상담실에서 번아웃 증후군을 호소하는 분이 많은 것 같습니다.

- **말 그대로 활활 타서 재만 남은 상태를 상상하면 어떤 건지 이제 이해가 돼요.**

○ 맞습니다. 세계보건기구(WHO)에서도 국제 질병 표준분류에서 번아웃 증후군을 직업 관련 증상의 하나로 분류해서 직장 생활과 관련한 스트레스의 일종으로 보고 있습니다. 그만큼 전 세계적으로 관심을 두고 있는 주제입니다. 나타나는 증상은 매우 피로하고 에너지가 없다고 느끼는 것, 직장에 대한 거부감, 냉소적이고 부정적으로 생각하게 되는 경향, 아울러 업무에 대한 효율이 떨어지는 것입니다.

- **결국은 번아웃 증후군도
  스트레스와 연관이 있는 거군요?**

○ 모든 증상은 우리 몸의 스트레스 반응들과 연관이 있습니다. 우리가 스트레스를 받으면, 몸은 긴장된 상태로 바뀝니다. 심장이 빨리 뛰고 근육에 힘이 들어가게 되는데요, 그런 반응들은 위험한 상황에서 재빨리 피하고, 시간 제한이 있는 일을 신속하게 처리하는 데 굉장히 도움이 됩니다.

그런데 어떤 일이 연속되고, 쉬는 시간 없이 일이 지속되는 상황, 휴일 근무를 해야 하는 상황이 지속된다면 누구라도 지치게 됩니다. 상담을 하다 보면 번아웃 증후군을 겪는 분들 중에는 정말 성실하고, 조직에서 인정받는 분들이 많습니다. 그런데 일을 잘해내고 도맡아서 하다 보니, 어느 순간 그 일이 자연스레 본인의 몫이 되어버리는 거죠. 그러면 "더 이상 못하겠어요!"라는 말을 할 수밖에 없는 상황에 이릅니다. 너무 힘들다고 호소하면 대체로 상사는 "나 때도 그랬어! 시간이 지나면 다 해결돼. 나는 더한 것도 이겨냈지"라는 식의 경험담을 이야기하며 다독이는데요, 정작 당사자는 '해결이 안 되는구나. 남들은 다 견디는데 나는 고작 이 정도도 못 견디는구나'라는 생각으로 체념하기에 이릅니다. 혹은 '이게 다 이 조직 때문이야.

24

처음부터 시스템이 엉망이었어! 나만 이렇게 희생해야 하다니, 더 이상은 참을 수 없어'라는 부정적인 생각에 이르게 됩니다.

- **그러고 보면 개인마다 스트레스를 견디는 힘이 다른 것 같아요.**

○   트라우마 치료로 유명한 대니얼 시겔(Danial Siegel) 박사는 스트레스를 감내하는 개인의 능력을 '인내의 창(Window of Tolerance)'으로 설명합니다. 내가 견딜 수 있고 소화시킬 수 있는 범위를 네모난 창으로 비유한 건데요, 사람마다 이 크기는 모두 다릅니다.

창의 범위를 벗어나게 되면 우리는 지치고 무기력해지고, 잘 해내던 일도 못 할 것 같고, 주위 사람들의 반응에 매우 냉담해지게 됩니다. 그 증상은 매우 다양한데요, 냉소적으로 바뀌면서 화를 내고 예민해지기도 하고, 무기력해지고 멍해지기도 합니다. 또 자주 배탈이 나거나 아파서 조퇴나 결근이 많아지기도 해요. 당연히 일을 제대로 해낼 수 없으니 부정적인 피드백을 받게 되고, 모든 것이 악순환이죠.

- **현대인들 모두가 번아웃 증후군에서
  자유로울 수 없는 것 같은데, 그럼 어떻게 해야 하나요?
  심하면 우울증까지 겪는 건가요?**

○ 그렇습니다. 저를 비롯한 모두가 번아웃 증후군에서 자유로울 수 없습니다. 이런 상태가 지속되면 증후군에서 더 나아가 꼭 치료가 필요한 공황 장애, 우울증, 불안증 등의 증상이 생길 수 있습니다.

우선은 내가 견딜 수 있는 정도, 즉 '창'의 크기가 어느 정도인가 가늠해보는 것이 필요합니다. 정말 노력했고, 좀 쉬어가야 하는데 의외로 스스로가 그렇게 생각하지 못하는 경우도 정말 많습니다. 본연의 헌신하고 노력하는 모습, 휴일도 없이 일하던 모습으로 돌아가야 한다고 느끼는 거죠. 이때는 지친 상태를 스스로가 인정하고 위로해줄 수 있어야 합니다. 나 자신을 위로한 후에야 주위에서의 인정을 받아들일 수 있습니다. 그리고 내가 할 수 있는 것과 할 수 없는 것을 적절하게 표현할 수 있어야 합니다.

'워라밸'이라는 말이 유행이지만, 우리나라가 고도성장을 할 수 있었던 건 어찌 보면 번아웃 증후군을 무시하고 감내하면서 희생만 했던 기성세대들이 있었기 때문인지도 모릅니다. 그렇지만 모두가 행복한 사회를 위해서는 조직 내에서도 서로 위로하고 어려운 일을 같이 해결하는 문화가 꼭 필요합니다. 힘든 하루를 끝낸 자신에게 '이만하면 수고했어. 이제는 좀 쉬면서 하자고!'라는 말을 건네는 연습이 필요합니다.

2

매일매일 행복해지기 위하여

화병

- **사람의 심리가 처음엔 만족하다가도
  더 좋은 게 자꾸 눈에 보입니다. 물질적인 것으로는
  만족하는 데 한계가 있지 않나 생각이 듭니다.**

○ 원래, 인간의 두뇌란 게 항상 똑똑한 척하지만 의외로 보상을 좋아합니다. 그런데 그게 오래가지 못한다는 것이 큰 함정이죠. 창문을 열면 바다가 펼쳐지는 풍경을 상상해보세요. 저

절로 기분이 좋아지는 게 느껴질 겁니다. 바닷가에 여행 온 사람이라면 그런 풍경만으로도 행복감에 사로잡힐 것이고요. 태평양의 바다를 바라보며 아침을 맞는 상상을 해도 좋겠습니다. 그런데 그런 풍경을 매일 본다면, 점차 감흥이 없어질 테지요. 바쁜 출근 시간에 쫓겨 나갔다가 퇴근하는 일상을 반복하다 보면 풍경 따윈 금세 잊습니다.

다시금 그 행복감을 느끼려면 어떻게 해야 할까요? 이를테면 이전보다 더 좋은 집으로 이사를 가고, 더 나은 풍경이 눈앞에 펼쳐져야 행복감을 느낄 수 있을 겁니다. 자동차도 마찬가집니다. 작은 차에서 더 크고 엔진 출력이 좋은 차로 바꿔야만 되는 것처럼요. 이런 사람의 심리에 맞춰 아주 세세하게 등급별로 차들이 출시됩니다. 무엇이든 계속 신제품이 나오는 이유이죠. 한 가지에 오랫동안 만족감을 느끼지 못하는 심리가 적극적으로 반영된 겁니다.

그리고 그 보상이라는 게 기대했을 때 더 많은 만족감을 주는데요, 기대했다가 좌절되면 더 큰 실망, 분노감이 찾아옵니다. 연인에게 "네 생일에 좋은 선물 해줄게"라고 약속하면, 그 순간 굉장히 기쁘고 만족스러운데요, 약속이 지켜지지 않으면 배로 실망하고 분노하게 됩니다. 그러니 지키지 못할 약속은

하지 말라고들 하는 거겠지만요.

뜻하지 않는 이벤트 당첨이나 선물이 고정적으로 들어오는 월급보다 더 기쁜 건 우리의 두뇌가 예상하지 못했던 일이기 때문이기도 합니다.

• **이런 뇌의 작용이 사람 사이의
관계에서도 적용될까요?**

○ 네, 맞아요. 인간관계에서도 마찬가지입니다. 처음에 남녀가 만나서 사랑에 빠져 결혼을 했는데, 지속적으로 5년, 10년 열정적인 사랑에 빠지는 것은 불가능하거든요. 우리의 뇌가 행복을 느끼는 것은 도파민이라는 호르몬이 분비되기 때문인데, 계속 행복을 느끼려면 꾸준히 뇌를 자극할 필요가 있습니다.

불타는 사랑을 유지할 수 없으므로, 부부관계에서는 유대감, 신뢰와 같은 연결고리가 필요합니다. 여기에는 옥시토신, 바소프레신이라는 호르몬이 관여합니다. 과학자들은 같은 쥐라도 초원에 사는 들쥐는 암수 한 쌍이 인간처럼 오래 같이 지내고 새끼도 키우는 데 반해, 산악 들쥐는 짝을 계속 바꾸는 것을 발견했는데요, 연구를 통해 초원 들쥐의 뇌에서 바소프레신이 더 풍부하다는 것을 밝혀냈습니다.

그렇다고 인위적으로 도파민 분비를 자극하는 것은 위험합니다. 도파민 분비를 자극하는 대표적인 것이 음주, 마약, 게임, 도박 등인데, 모두 중독성과 의존성이 높습니다.

삶이 힘들고 괴로운 사람들은 로또를 매주 구매하면서 희망을 꿈꾸지만, 1등에 당첨된 사람이 흥청망청 돈을 쓰다 더 불행해졌다는 사례는 너무나 많습니다. 가족과 함께 보내는 시간을 미루며 일에 매진하고 앞만 보며 달려가다 정작 크게 성공했지만, 우울을 호소하는 경우도 적지 않습니다. 또한 현대 사회의 지나친 경쟁으로 인해 일상에서의 의미 있는 행복을 찾기보다는 결과만 보고 완벽을 추구하다 보면, 우리의 뇌는 점차 행복을 느끼지 못하고 지치게 될 것입니다.

- **일상에서 꾸준히 행복을 느끼려면 어떻게 해야 하나요?**

○ '작은 목표를 세우고 조금씩 성취해 나가기' 혹은 '평범한 일상에서 의미 찾기'부터 실천해보면 좋겠습니다. 사람은 무언

가 성취했을 때, 누군가로부터 인정받았을 때 큰 기쁨을 느끼는데요, 이때 도파민 분비가 많아집니다. 그렇지만 그 성취가 대단한 것일 필요는 없습니다. 결과만 놓고 따지게 되면 성취감을 느끼기가 힘듭니다.

'나는 1등을 꼭 해야 해'라고 마음먹으면 많은 사람을 이겨야 하죠. 한 번 1등을 한 사람이라도 다음에 또 다음에도 1등을 해야 한다면 버티기가 힘듭니다. 등수나 성적에만 집착하다 보면 공부 본연의 재미를 느끼기가 힘들 수도 있습니다.

일상에서 행복을 느끼려면 알아야 할 아주 중요한 진리가 있습니다. 생각해보면, 심장이 쿵쿵 뛰는 것은 우리 의지와 상관없는 거잖아요? '심장아 빨리 뛰어줘'라고 하지 않아도 심장은 매일매일, 순간순간 열심히 운동을 해주죠. 밥을 먹고, 움직이고, 이런 자연스러운 일상을 의식하는 순간 얼마나 소중한 것인지 알게 됩니다. 사람들은 흔히 뇌졸중이 오거나 심근 경색으로 고통을 받게 돼서야 그동안 내 몸이 잘 움직여준 게 얼마나 고마운 일이었는지 깨닫습니다.

스스로의 몸에 집중하거나 명상하는 방법 중에 음식의 맛, 향 등에 집중해서 음미하는 것이 있어요. 그것 자체가 내 몸을 이완시키고, 일상의 행복감을 느끼게 하는 효과가 있습니다.

• **당장 오늘 저녁 식사 때
한번 해보는 것이 좋겠군요.**

◦ 그래서 오늘 당장 하실 수 있는 몇 가지를 말씀드리겠습니다. 내가 좋아하는 저녁 메뉴를 골라서 천천히 음미하며 먹습니다. 되도록 그 재료의 맛 하나하나를 음미하고 맛을 느껴보는 것인데요, 그러면 천천히 먹어야겠죠? 그러다 보면 소화가 잘되고 진정한 저녁의 여유를 찾을 수 있습니다.

그리고 단 10분이라도 걸어보십시오. 이번에는 걷는 행동 자체에 집중하는 것인데요, 발바닥이 땅에 닿았을 때의 느낌, 볼을 스치는 바람결을 느끼면서 걷는 것입니다. 귀가해서는 따뜻한 물로 샤워를 하거나 발을 씻으면서 몸의 상쾌함을 느껴보는 것도 도움이 될 것입니다.

이처럼 내 몸, 신체를 이완시키고 건강하게 할 수 있는 다양한 방법을 익혀 평소에도 습관처럼 한다면, 스트레스에 지쳐 허겁지겁 밥을 먹거나 술을 마시다 쓰러지듯 잠자리에 드는 일도 줄일 수 있습니다. 그러면 아침에 느끼는 어깨통증과 두통, 소화불량 등에서 조금씩 벗어나실 수 있을 겁니다.

어떻게 보면 최근 '작지만 확실한 행복'이라는 뜻의 '소확행'이 유행한 것도 현대인들에게 필요한 일이기 때문이겠죠.

- **그런데 보통 현대인들은 행복을 느끼기보단 화가 많은 것 같습니다.**

○ 행복을 느끼지 못하면 반대로 화병, 위장병 등 다양한 문제가 생길 수 있습니다. 그리고 비슷한 패턴으로 괴로움이 나타난다면 스스로에게서 문제의 근원을 찾을 필요가 있습니다. 물론 나에 대해 알아가는 것이 필요하다는 것이지, 모든 것을 자기 탓으로 돌리라는 뜻은 아닙니다.

어떤 일이 생겼을 때 모든 책임을 자신의 탓으로 돌리는 분들이 계시거든요. '내가 하면 늘 안 돼', '난 항상 재수가 없어', '난 원래 못난 사람이야' 등으로 끝없이 자기를 비난하는 것인데요, 자신의 태도, 외모, 성격, 습관 어느 하나도 마음에 들어 하지 않는 것입니다.

자기든 타인이든 누군가를 원망하고 탓하는 순간 불행이 시작됩니다. 남 탓을 하면 상대가 바뀌지 않고서는 헤어나올 수 없는데, 상대가 바뀌기는 현실적으로 어려운 일입니다. 그렇다고 자기 탓만 하다가는 스스로에게 향하는 화 때문에 우울증에 걸리기 쉽죠.

현실을 그대로 받아들이고 수용하지 않은 채 싸우려고 하면 패할 수밖에 없습니다. 오늘 하루는 잘 견뎌낸 스스로를 칭찬해주고, 평소 마음에 들지 않던 주변 사람에게 커피 한잔을 먼저 권해보세요. 현실을 수용하는 순간, 인간관계가 한결 부드러워집니다.

- **화병을 잘 다스리면서 어떻게 하면
  행복하게 생활할 수 있을까요?**

○ 이럴 때 좋은 방법은 과거의 나와 현재의 나를 비교해서 목표를 정하는 것입니다. 독서든 공부든 몰아쳐서 하는 것보다 매일 꾸준히 하는 것이 행복을 느끼는 데는 더 좋은 방법이거든요. 일주일에 한 번만 하는 것보다는 자주 시도해야 도파민 분비가 원활하게 되기 때문입니다.

어제 영어 단어를 10개 외웠다면, 오늘은 11개 혹은 일주일간 매일 10개씩 외우기, 이렇게 스스로 계획을 세우고 성취감을 느끼는 것이죠. 직장인이라면 출퇴근 시간에 매일 독서하기를 목표로 세우고 실천해보는 겁니다. 그러면 일 년에 수십 권의 책을 읽을 수 있게 될 거예요. 요즘 지하철이나 버스를 타면 다들 고개를 숙이고 스마트폰으로 의미 없는 인터넷 검색을 하거나 게임을 하는 경우가 많은데, 이것이 습관이 되면 빠져나오기가 힘듭니다. 처음에는 재밌고 흥미로웠지만 더 이상 즐겁지 않은데도 늘 하던 습관대로 스마트폰을 들여다보는 거죠.

작지만 매일매일 이룰 수 있는 성취나 성과로 뇌가 행복감을 느끼게 할 수 있습니다. 내가 하는 일에 의미를 부여하는 것도 아주 좋은 방법입니다. 정말 싫지만 갈 데가 없어서, 돈을 벌어야 하니까 억지로 회사에 다닌다는 생각은 스스로를 불행하게 만들 뿐입니다.

침대 시트를 정리하는 일을 하는 사람들의 일터에 '시트를 교체하는 활동이 당신의 근육을 튼튼하게 하고, 다이어트에 도움이 됩니다'라는 글이 적힌 종이를 붙여두었더니 더 즐겁게 일할 수 있었다는 연구도 있습니다.

지금 하는 일에 어떤 의미가 있는지 스스로 한번 생각해보면서, 일상에서의 소소한 행복을 조금씩 느끼는 것이 건강하게 생활할 수 있는 방법입니다.

나에게 마음 백신을 접종할 시간

적응 장애

- **아무래도 스트레스가 많으면
  감기에 잘 걸리게 되는 것 같아요.**

○ 저도 응급실에서 근무할 당시, 너무 긴장하고 스트레스가
많다 보니 한 달간 감기가 떨어지지 않았던 적이 있습니다. 스
트레스를 받으며 일을 좀 과하게 하는 사람은 꼭 며칠 후에 콜
록거리며 마스크를 쓰고 나타납니다.

우리 몸은 뇌에서 온몸으로 연결되는 신경계와 호르몬 분비, 몸을 지키는 면역시스템, 이 세 가지가 잘 유지되어야 건강할 수 있습니다. 예를 들어, 잘 뚫린 도로만 있다고 모든 운전자가 원활한 운전을 할 수 없는 것과 같아요. 원활히 운전하려면 신호 체계가 필요하고, 난폭 운전이나 불법 운전을 하는 사람을 감시하는 경찰도 필요하잖아요. 그렇게 이해하시면 될 것 같습니다.

그런데 우리의 신경계에 문제가 생기면, 자꾸 몸에 열이 오르거나 손발이 찬 증상이 나타나기도 하고, 변비나 설사 등으로 고생하기도 합니다. 스트레스 상황에서 분비되는 스트레스 호르몬의 과다 분비로 인해 혈당이 올라가고 이는 곧 당뇨병, 비만 등으로 이어지죠. 또 면역계에 문제가 생기니 두드러기, 가려움증, 작은 염증, 감기 등이 자주 생기게 됩니다.

● **결국 몸과 마음이 하나라서 아픈 거군요!**

○ 우리의 뇌가 힘들어지면, 결국 몸이 말을 안 듣게 되는 겁니다. 아주 당연한 말 같지만, 잘 모르는 분들이 많으세요. 또 머

리로 아는 것과 내 몸에 배어 있는 것은 다릅니다. 스트레스를 받고 피곤하면 '안 좋은 거야' 생각하면서도 그 고리를 끊지 못합니다. 악순환인 셈이죠.

하루 종일 일에 쫓기면서 스트레스 호르몬이 마구마구 분비되면, 커피나 에너지 음료를 들이켜게 되고, 집에 가선 또 일찍 자지 않고 TV를 보거나 맥주를 마십니다. 이렇게 행동함으로써 스트레스를 해소한다고 생각하지만, 오히려 그런 활동들은 뇌를 더 괴롭히는 행동입니다. 그렇게 지친 상태에서 감기나 독감이 유행하면 당연히 피해 갈 수 없게 되죠. 면역이 약해져 있으니까요.

- **감기 백신도 맞아야 하지만 때때로 마음의 백신도 맞아야 한다, 그 말씀이시죠?**

○ 네. 마음을 살피는 일이 중요합니다. 그럼 어떻게 마음에 백신을 놓아야 할까요? 오늘부터라도 당장 시도할 수 있는 세 가지가 있습니다. 바로 수면, 식사, 산책입니다.

우선 스트레스나 우울증에서 가장 먼저 적신호가 켜지는 활동이 수면, 즉 잠자기입니다. 스트레스로 인해 잠들지 못하는 경우도 있지만 잠들기 전 습관이나 평소 생활 패턴도 무척이나 중요합니다. 수면 도중에 자주 깨며, 충분히 자고 일어나도 개운하지 않다고들 하십니다. 그런데 가만히 그분들을 보면, 잠들기에 좋지 않은 행동들을 정말 많이 하고 계시더라고요. 오후에 커피 마시기, 저녁 늦게 운동하기, 잠들기 전에 TV를 보거나 스마트폰을 들여다보는 등 다 좋지 않습니다.

우리가 푹 잘 수 있도록 하는 데는 밤 동안에 분비되는 멜라토닌이라는 호르몬이 중요한데요, 이 호르몬은 깜깜한 밤에 분비되고, 새벽 2시에 제일 많이 나옵니다. 그런데 밤 12시, 1시까지 인터넷을 하다 잠들면 전체 수면 시간이 비슷해도 개운하지 않을 수밖에 없습니다. 그리고 스마트폰 화면에서 나오는 블루 라이트는 '잠을 깨우는 불빛'이라고 할 만큼 수면을 방해하고 시력에도 좋지 않습니다.

마음 백신 맞기의 첫 번째는 우선 밤에 TV나 스마트폰 보지 않기, 늦어도 11시 전에는 꼭 잠들기, 오후 3시 이후에는 커피나 에너지 음료를 마시지 않기입니다. 작은 습관이 모이면 점점 달라질 수 있습니다.

- **습관이라는 게 참으로 무서워서, 아주 간단한데도
선생님 말씀처럼 하는 사람이 잘 없을 것 같아요.**

○ 그렇죠. 두 번째는 바로 식사인데요, 식습관이 중요하다는 것을 모르는 분은 없을 거예요. 너무나 당연하게도 패스트푸드는 좋지 않음을 아실 테고요. 우리의 건강을 위해서 비싼 보약이나 비타민보다 중요한 것은 제대로 된 식사를 30분 정도에 걸쳐 천천히 먹으면서 대화를 나누는 것입니다. 지금도 식당에 가보면, 밥을 먹는다기보다 입 안에 막 밀어넣고 5분 혹은 10분 만에 급하게 드시는 분들을 흔하게 볼 수 있습니다.

이렇게 시간에 쫓기며 밥을 먹다 보면 만성 소화불량과 위염 등에 시달리기 쉽습니다. 명상 기법 중에 하나로 아몬드나 땅콩을 입 안에 넣고 그 모양을 느껴보고, 천천히 씹으면서 맛을 음미하는 방법이 있는데요, 그만큼 식사 시간과 방법이 중요합니다.

마지막으로 산책입니다. 즉 몸을 움직이는 건데요, 바쁜 직장인이라면 시간을 내기 쉽지 않습니다. 아침 일찍 집 주변을 산책하는 것이 좋겠지만, 여의치 않다면 점심시간에 짬을 내서 직장 근처라도 한 바퀴 도는 것이 좋습니다. 출퇴근을 자동차

나 대중교통으로 해서 잘 걷지 않는 분이라면 더더욱 점심시간에 잠시 걷는 습관이 도움이 될 수 있습니다. '나는 마땅히 어디 나갈 곳이 없어!'라고 하는 분들도 계실 텐데요, 그럴 때는 직장 내 건물의 계단을 오르는 것도 운동이 될 수 있습니다.

간혹 의사들 중에 운동할 시간이 없어서 매일 10층이 넘는 사무실까지 걸어 올라가기를 실천하는 분도 있거든요. 오늘부터 밤 11시 전에 잠들기, 식사 30분 동안 천천히 하기, 하루 한 번 꼭 산책하기로 마음 백신을 접종해보시기 바랍니다.

4

나와 타인을 인정하는 일

의사 결정

● **세상을 살다 보면 정말 내 맘이**
내 맘 같지 않을 때가 꼭 있습니다.

○ 우리는 순간순간 많은 결정을 내리며 살아갑니다. '오늘 출근길은 어느 길로 갈까?', '오늘 점심은 뭘 먹을까?' 등 선택의 길 앞에 놓여 있죠. 어떻게 하면 좋은 의사 결정을 할 수 있을까요?

사실 우리가 결정하는 여러 가지 일 중에는 습관처럼 자동으로 하는 일과 비교적 생각을 많이 해야 하는 일, 이렇게 두 가지로 나뉩니다. 이를테면 아침에 출근할 때 '어떤 길로 운전할까', '라디오를 뭘 들을까?'과 같은 행동은 습관처럼 이루어집니다. 이는 매번 고민하고 생각하는 것이 너무나 피곤한 일이라서 우리의 뇌가 어떤 자동 법칙을 만들어놓았기 때문입니다. 그래서 우리는 아침에 큰 노력을 기울이지 않고 습관처럼 운전하고, 습관처럼 라디오 볼륨을 높이게 되는 겁니다.

　　그런데 에너지를 들여 생각해서 결정해야 하는 일들에 우리는 무의식적으로 어떤 법칙을 만들어 습관처럼 만들어버립니다. 예를 들면, 어쩌다 출근길에 새로운 길로 가보는 것을 시도했는데 접촉사고가 났습니다. 그럼 아마도 이런 생각이 들겠죠. '역시 가던 길로 가야 했어. 괜히 이 길로 왔네. 다음에는 그냥 가던 길로 가야지'라고요. 사고라는 건 굉장히 우연히 일어날 수 있는 일인데도 우린 어떤 연결고리를 만들려고 합니다.
　　또는 그날 중요한 일이 잘 해결되지 않았을 때 어떤 분은 "그날 아침부터 웬지 좋지 않은 기운이 느껴졌어요. 아침부터 물컵을 엎지르기도 했거든요. 그러면 꼭 안 좋은 일이 생겨요"라고 말하기도 합니다. 주위에서 흔히 듣는 말이죠.

이런 법칙을 따르기 위해 우리나라는 이사 가는 날이 정해져 있다고 합니다. 흔히 '손 없는 날'이라는 건데요, 그날은 유독 이사비가 비싸지만, 그것을 감수하고 많은 사람이 여전히 이삿날로 그날을 선호합니다.

- **아, 그러고 보니 4층이 없는 빌딩도 있습니다.**
  이런 것과 비슷한 걸까요?

○ 4층이 있다고 위험한 건 아닌데, 미신이 있긴 합니다. 그래서 병원에 4층이 없는 곳도 종종 있습니다. 우리의 뇌는 어떤 법칙이나 습관을 딱 만들어놔야 에너지가 덜 들기 때문에, 자꾸 그렇게 연결하려고 합니다. 이런 현상은 개인적으로 나타나기도 하고, 집단적으로 나타나기도 해요. 모든 사람이 손 없는 날에만 이사를 하고, 4번을 받기 싫어한다면 왠지 내가 그걸 하기엔 찜찜하거든요.

우리의 뇌가 어떻게 진화해왔나를 살펴보면 쉽게 이해할 수 있습니다. 아주 오래전 사냥을 하며 살던 시대에, 나뭇잎이 바스락거리는 소리가 들릴 때 사자가 나타났다면 어떤 일이 생길까요? 사람들은 바스락거리는 소리만 들리면 무조건 피했을 겁니다. 그게 안전하다고 생각하기 때문이죠. 그럼 '바스락거리는 소리'가 곧 '사자다'라는 공식이 뇌에 입력되는 겁니다.

우리는 실제로 아주 감정적이거나 습관에 따라 행동하는 게 정말 많습니다. 나도 모르게 습관이 배어 있고 그에 따라 크고 작은 결정들을 하게 되는데요, 그럴 때 어떻게 좋은 결정을 내리며 삶을 살아가야 할지 궁금해합니다.

우선은 스스로나 다른 사람을 잘 관찰하는 것이 필요합니다. 자신뿐만 아니라 다른 사람을 관찰하는 것이 중요한 것은 타인을 관찰함으로써 무료로 배울 수 있기 때문입니다. 내가 실수를 하고 알게 된다면 꽤 비싼 수업료를 내는 것이거든요.

그렇게 관찰하다 보면 놀라운 사실을 알게 됩니다. 대부분 사람은 대체로 스스로 한 나쁜 결정에 대해서 '운이 없어서', '재수가 없어서', '나에게만 좋지 않은 일이 계속 일어나서'로 생각하고, 반면에 다른 사람의 좋지 않은 결과는 '그가 능력이 없어서'로 해석하는 경향이 있다는 것입니다.

특히, 우울증이 심하거나 불안증이 심한 분들의 경우 결정을 하는 데 아주 어려움을 겪곤 합니다. 모든 일이 자신에게만 나쁘게 흘러간다고 생각해서 아무 결정도 하지 못하고, 굉장히 우유부단해지는 결과가 생깁니다. 그러다가 갑자기 충동적으

로 결정을 내리게 되어 좋지 않은 결과가 생기고, '역시 나는 안
돼'라며 생각의 늪에 빠지게 되죠.

- **그러면 좋은 의사 결정을 내리기 위해서는
  어떻게 해야 할까요?**

◦ 나의 모습과 타인의 모습을 관찰해보세요. 거리를 좀 두고
스스로를 관찰하는 것은 연습이 꽤 필요한 일입니다. 그다음
나에게 반복해서 나타나는 습관 고리를 끊기 위해서는 다른 사
람보다 자신의 실수를 기꺼이 인정하는 자세가 중요합니다. 누
구든 자신의 실수를 인정하기란 쉽지 않습니다. 그냥 운이 나
빴다고 하거나 주위로 책임을 돌리거나 하면 일단 마음이 편해
지니까요.

그다음 중요한 것이 타인의 실력을 잘 인정하는 것입니다.
그게 얼마나 어려운가는 '사촌이 땅을 사면 배가 아프다'는 속
담을 통해서도 알 수 있습니다. 사람의 심리가 그렇죠. 하지만
다른 사람의 실력을 인정해야 상황을 좀 더 냉정하게 판단할
수 있습니다.

우리가 하는 결정에는 우리의 판단 외에 운도 따라야 하므

로 늘 좋은 결과만 나오진 않습니다. 그렇지만 방금 말씀드린 방법들을 꾸준히 연습한다면 조금씩 현명한 결정들을 할 수 있습니다.

청킹(Chunking, 덩이짓기)이란?

뇌의 활동이 기계적으로 변화하는 과정을 뜻하는 말입니다. 습관이 형성되기 시작하면 의례적으로 반복되는 뇌 회로가 생기게 됩니다. 이때 신경과 신경이 연결되어 있는 기저 핵이 관여하는 것으로 알려져 있습니다. 어느 TV 프로그램에 장인들이 어려운 동작을 너무 쉽고 재빠르게 하는 것을 볼 수가 있는데, 반복된 연습을 통해 뇌 회로가 만들어져서 그렇습니다.

이러한 '청킹'은 우리의 행동을 매우 효율적으로 해주는 효과가 있지만, 쉬는 날마다 누워서 TV를 본다든지, TV를 볼 때는 꼭 기름진 음식을 먹는다든지 등 나쁜 습관이 한 번 형성되면 그만큼 고치기 어려운 이유가 되기도 합니다. 먹고 쉬는 습관이 단단한 뇌 회로로 만들어져 있어서 다이어트하는 많은 사람이 힘들어하는 것도 같은 맥락입니다.

5

제가 혹시 '히키코모리'인가요?

히키코모리 증후군

- **'히키코모리' 현상의 원인 중에는 아무래도**
  우리나라 인터넷망이 발달된 게 원인일 수 있겠죠?

○ 분명 그런 부분이 있습니다. 요즘 인터넷으로 뭐든지 가능한 세상이니까요. 대화를 하지 않고 방에 틀어박혀 게임이나 가상 세계에 몰두하면서 얼마든지 시간을 보낼 수 있습니다. 이런 분들의 특징이 오랜 기간 사회와 교류가 없는 경우가 많

다는 점입니다. 세상과 단절된 채로 방 안에만 지내다 보면, 결국 점차 게임 중독, 인터넷 중독에 빠지게 됩니다.

특히 이런 분들일수록 다른 이의 도움을 거절하고, 병원이나 상담센터로 잘 오지 않으려고 해 더 힘든 부분이 있습니다. 실제로 힘들게 병원에 방문해서 상담을 해보면 상당수가 자존감이 낮고 우울증을 오래 앓고 있는 것을 볼 수 있습니다.

- **실제로 주위의 기대에 미치지 못했을 때,
  심리적으로 많은 부담을 느끼고
  아무것도 안 하는 사람들이 꽤 많더라고요.**

○ 우리 사회의 분위기와도 관련이 있습니다. 지위나 학력에 대한 압박감, 대학 졸업은 했는데 취업을 못 하는 것에 대한 부담감, 본인이 기대하고 목표하는 것과 현실의 차이 등이 복합적으로 영향을 미칩니다.

실제 내담자들 중에 20대 혹은 30대와 상담을 해보면, 이때는 연봉이 얼마 정도 되는 직장을 다녀야 하고, 이때는 결혼을 해야 하며, 지금쯤이면 차는 그 기종을 몰아야 한다는 등 사회가 정해놓은 기준들을 바탕으로, 그러지 못하는 자신의 모습을 비하하며 주위 친구들과 비교하곤 합니다.

이것은 사실, 본인들이 그렇게 생각했다기보다는 자라면서 부모님 혹은 사회에서 보이지 않는 압박을 받았기 때문입니다. 맞춰진 목표에 도달하지 못하니까 우울해지고, 집 밖을 안 나가게 되고, 사람을 멀리하게 되고, 공부하거나 취업을 준비한다고 손에 쥐고 있지만 이루어지지 않는 좌절감에 힘든 거지요. 이러한 현상은 비단 우리나라에서만 나타나는 것은 아닙니다. 인구 밀도가 높고, 부모의 학업 수준이 높으면서, 경쟁이 심한 사회에서 많이 나타납니다.

• **압박감에 집에만 머물게 되면 결국 고립되고, 고립되면**
  더 나갈 엄두가 나지 않으니 참으로 악순환이네요.

○ 집에서만 지내면서 혼자 사유하고, 매일 인터넷이나 게임만 하다 보면 오랜 기간 햇빛을 보지 못해 기분을 조절하는 호르몬 분비도 잘 안 됩니다. 그런 생활 자체가 우울증을 유발하는 것입니다. 사람의 습관이란 무서운 거라서 그런 생활이 몸에 배면 그것을 바꾸기란 여간 어려운 일이 아닙니다. 그들에게는 당연히 밤에 자고, 아침에 식사하고, 학교를 가거나 출근

하는 평범한 사람들의 생활 자체가 매우 새로운 모험으로 다가옵니다. 남들에게 일상인 활동들을 시도하는 데 아주 큰 용기가 필요한 단계에 이릅니다.

특히 그런 상황에선 가족들도 부드럽게 말을 꺼내기가 쉽지 않고, 서로 잔소리와 분노를 표현하다 큰 싸움에 이르게 되거든요. 우리 사회는 경제 활동을 하지 않고, 공부만 오랜 기간 하는 것을 건강하게 보지 않는 부분이 있어 더 그렇습니다.

그래서 현실적으로, 취업 준비생의 경우 딱 몇 년만 준비하고 실패한다면 눈높이를 좀 낮춰서 일을 시작하는 것이 좋습니다. 어떤 시험 공부만 3년, 5년, 이렇게 하다 보면 사회 적응력이 점점 떨어지고 정서적으로도 아주 힘들어집니다.

물론 단기간 공부해서 어려운 시험에 통과했다는 미담이 뉴스에 나기도 하지만, 그런 분들은 극히 소수입니다. 대다수가 오랜 기간 준비만 하다 '히키코모리' 증상을 겪게 되는 거죠.

- **'남의 일이 아니다'라는 말이 떠오르네요.**
  사회와 고립되는 현상은 누구나 겪을 수 있는 일이니까요.

○ 외국 영화 〈업그레이드(UPGRADE)〉의 한 장면이 생각납니다. 영화에서는 어두컴컴하고 지저분한 방에 군데군데 남루한 옷을 입은 사람들이 서서 팔을 휘젓고 있습니다. 얼핏 보면 섬뜩한 좀비 같은 모습인데, 가만히 보니 VR 안경을 쓰고 다들 가상 현실에서 살아가는 중이더라고요. 안경을 벗는 순간, 아무도 없고 쥐가 나올 것 같은 폐가 속 공간이 보여집니다.

우리 현실도 사실 영화와 다르지 않습니다. 다들 한자리에 모여 있지만 한자리에 있지 않습니다. 수시로 울려대는 문자, 다양한 SNS 메시지 등 스마트폰에서 울리는 알람은 우리가 무시하기에는 너무 강렬하고 궁금증을 자아냅니다.

상담을 하던 중에도 내담자의 전화벨이 울려 서로 당황해할 때가 있습니다. 그런데 바로 전화를 끊거나 양해를 구하는 분들보다 당황해하다 전화를 받아 겸연쩍은 대화를 이어나가는 경우가 더 많습니다. 순간적으로 정신과 상담 중이라는 혹은 바쁜 일이 있다는 말이 떠오르지 않아서일 수도 있고, 나를 위해 온전히 집중해야 하는 이 시간조차 외부 자극에서 자유로울 수 없어서일 수 있습니다.

우리는 누군가와 있을 때, 온전히 그 순간에 집중해야 합니다. 그런데 왜 그래야 할까요? 사람은 그렇게 타고났기 때문입니다. 우리는 서로의 얼굴을 바라보고, 서로를 이해하고, 상대의 감정을 파악하도록 진화되어 왔습니다. 찰스 다윈 이후로 많은 진화인류학자, 뇌 과학자들이 그것을 계속 증명해오는 중이며, '왠지 기분이 울적하다', '상대는 오늘 왠지 슬퍼 보인다'와 같은 느낌은 단지 나의 직감일 뿐입니다. 내 머리로 이해하고 파악하기 이전에 뇌의 한 부분이 그것을 먼저 알아챘기 때문입니다.

그런데 우리는 점차 얼굴을 바라보고 말하는 것에 어색해합니다. 만나서, 혹은 전화로 목소리를 들으며 용건을 주장하다간 꼰대라는 소리를 듣기 십상입니다. 소통을 위해 SNS 메시지에 익숙해져야 하고 다양한 이모티콘으로 감정을 표현해야 합니다.

사실, 얼굴 표정에는 좋고 싫음이 그대로 드러나지만, 글로 내 감정을 나타내기는 더 어렵습니다. 슬프고 괴로워도 웃는 이모티콘으로 '나 오늘 행복해' 하고 꾸며낼 수는 있습니다. 그러고는 곧 관계를 단절합니다. 꾸며낸 감정으로는 더 이어갈 이야기도, 동기도 없기 때문입니다.

그래서 우리는 흔히 짧은 메시지를 주고받다 더 큰 오해에 빠지게 됩니다. 자극적이지 않으면 아무도 봐주지 않는 세상입니다. 유튜브나 SNS 프로필 사진은 점점 과장되거나 자극적이어야 합니다. 그래야 다른 사람에게 관심받을 수 있고, 또 '좋아요' 수나 조회수가 올라가니 나름 안심하게 됩니다.

이처럼 사람은 누군가와 연결되어야 위로를 받고 행복감을 느낍니다. 이 세상은 혼자서 살기에는 아무래도 역부족입니다. 뇌 과학자이자 정신과 의사인 스티븐 포지스(Steven Porges)는 포유류 종 전체에 걸쳐 가장 강력한 스트레스는 '고립'과 '감금'이라고 했습니다. 결국 누군가에게 사랑받고 연결되어 있다는 느낌이 그 사람을 살게 하는 원동력이 됩니다.

요새 들어 우리는 작은 모바일 기기에 갇히기 시작하면서 그런 여유를 점점 잃고 있습니다. 그리 길지 않아도 좋습니다. 오늘은 대화에서 잠시 스마트폰을 내려놓고, 상대방의 얼굴을 바라보며 집중해보세요. 그러면 상대방도 맞장구치며 당신의 대화에 집중할 것입니다. 또한 아무리 힘들더라도 하루에 한 번은 외출을 하거나 누군가와 대화하는 습관, 힘들 때 인터넷에 몰두하지 않는 등 개선 수칙들을 정해 실천해보는 것이 좋겠습니다.

히키코모리란?

히키코모리는 '틀어박히다'라는 뜻의 일본어 '히키코모루'의 명사형으로, 사회생활에 적응하지 못하고 집 안에만 틀어박혀 사는 사람을 말합니다. 흔히들 '은둔하는 사람'으로 알고 있지요. 이러한 히키코모리는 우리나라에 1900년대 말, 2000년대 들어 나타나기 시작했으며, 심할 때는 10년 이상을 방 안에서만 갇혀서 지내기도 한다고 해 그 심각성이 대두되기도 했습니다.

기억하시는 분들도 계시겠지만, 방 안에 틀어박혀 컴퓨터만 하며 지내는 여자와 섬에 표류한 남자의 얘기가 영화로 다루어지기도 했는데요, 거기서 나오는 여주인공의 모습이 대표적인 '히키코모리'입니다. 대부분의 히키코모리는 밤낮이 바뀌어 주로 낮에 자고 밤에 다른 일에 몰두합니다. 가령 컴퓨터 게임, SNS 등이 대표적이죠. 영화에서도 여주인공이 SNS에 집중하며 가상의 사진들을 자신의 모습인 것처럼 올리고, 그에 대한 댓글이나 반응을 보며 만족하는 모습이 나옵니다.

히키코모리는 우울증 증상을 흔히 보이고, 같이 사는 가족, 그중 대부분 부모에게 어린아이처럼 응석을 부리거나 심하면 폭력적인 행동을 보이기도 합니다.

6

자존감을 극대화하는 법

자존감

- 주위에 보면 평소에 자존심이
  센 사람들이 있는데요, 자존심이 세면
  자존감 또한 높다고 말할 수 있을까요?

○ 자존감이라는 주제는 상담에서 자주 다루어지는 중요한 개
념입니다. 그런데 자신감, 자존감, 자존심 등의 의미가 모호하게
마구 사용되고, 정확히 그 의미를 제대로 이해하는 분들이 많이

없는 듯합니다. 그래서 개념부터 바르게 알 필요가 있습니다.

보통 누군가에게 자존심이 세다는 표현을 쓰면 부정적인 의미인 경우가 많습니다. 도도해 보인다든지, 의논할 때 자기 주장을 굽히지 않는다든지 하는 사람에게 "저 사람, 자존심 참 강해" 이런 말을 쉽게 하잖아요? 보통 자존심이 센 경우 자존 감이 높기도 하지만, 반대로 스스로 자존감이 낮고 열등감이 많은 사람일수록 자존심이 세 보이는 경우도 흔합니다.

스스로 열등하다는 생각에 사로잡혀 있기 때문에 주위 사람들이 '나를 무시하지 않을까?' 혹은 '내가 우습게 보이지 않나?' 하는 염려로 오히려 자존심을 내세우며 센 척을 하는 겁니다. 그런데 그렇게 행동하면 결국 스스로도 편하지 않고, 주위 사람들과 마찰이 생길 수도 있습니다.

자존감을 다르게 표현하자면 '자기 가치감'인데요, 즉 '나는 가치 있는 사람이고, 남에게 사랑받을 만한 사람이다'라고 생각할 때 생기는 감정입니다. 자기 스스로를 그렇게 평가한다면 사람들을 만날 때 자신감도 생기고, 더 즐겁습니다. 그렇지만 반대로 자존감이 낮고 열등감이 심한 사람은 스스로 가치가 없다고 생각하기 때문에 남들도 자신을 그렇게 볼 거라고 짐작해서 대인 관계가 힘들어집니다.

- **다시 말해 자존감은 누가 자신을 평가해주는 게 아니라 스스로 자기를 인정하는 것이군요.**

○ 그렇습니다. 자존감이 높은 사람은 스스로에 대한 만족이 높고, 스스로를 충분히 인정하기 때문에 자신의 얼굴, 체중 등 외형을 마음에 들어 하는 것은 물론 자신이 하는 일, 직업 면에서도 만족도가 높습니다. 그런데 반대로 자존감이 낮은 사람은 주위에서 아무리 칭찬을 해도 잘 믿지 못하고 부정적인 경향이 있습니다.

이는 스스로가 인정하지 못하고 늘 비하하기 때문인데요, 그래서 여러 차례 성형을 하기도 하고, 다이어트에 집착하면서 우울증이나 대인기피증에 시달리기도 합니다. 어떤 일이 있으면 쉽게 스스로가 무시당한다는 덫에 빠지는 것이지요.

- 그런데 자존감이란 게 높이고 싶다고 해서
  높아지는 것은 아닐 것 같습니다. 부족하다 느끼는
  부분이 있다면 자존감이 높아지기가 어렵지 않을까요?

○ 그럴 수도 있습니다. 예뻐지기 위해 성형수술로 얼굴을 고치는 것도 한계가 있고, 의학적 도움을 받는다고 해도 작은 키를 늘리는 것도 쉽지 않고, 갑자기 부모님을 재벌로 만들 수도 없으니까요. 그런데 재미있는 사실은, 실제로 많은 사람이 부러워할 만한 좋은 직업에 외모를 가진 사람도 자존감이 낮은 사람이 있는 반면, 그렇지 못한 경우에도 자신감 있게 살아가는 사람들이 있다는 겁니다. 방금 말씀드린 외적인 자산들이 우리의 자존감을 높이는 데 조금은 영향을 줄 수 있지만, 절대적인 건 아니라는 거죠.

- 선생님, 그럼 어떻게 스스로
  자존감을 높일 수 있을까요?

○ 자존감이 낮은 경우, 스스로에 대해 늘 실제보다 낮게 평가하는 경향이 있습니다. 이것은 굉장히 어린 시절에 생겼을 가

능성이 높습니다. 누구나 마음속에는 성장하지 못한 아이가 있는데요, 내 안에 열등감에 사로잡힌 아이가 있는 거죠. 결국 출발은 '내 낮은 자존감, 열등감이 언제 시작되었지?', '내 안에는 어떤 상처받은 아이가 있지?'와 같은 질문을 전제로 살펴보는 게 필요합니다.

그리고 자신을 비난하는 것을 멈추고 스스로를 위로하고 격려하는 것이 굉장히 중요합니다. 그러다 보면 스스로를 비난하는 것뿐 아니라 다른 사람에 대해서도 굉장히 너그러워질 수 있습니다. 열등감이 심하면 다른 사람의 사소한 행동에도 무시를 받는다고 느끼는 데 반해, 스스로를 소중하고 가치 있다고 생각하는 사람은 다른 사람의 실수에도 관대합니다.

상담을 하다 보면 주위 사람들이 자신을 무시한다는 생각에 쉽게 빠지는 분들이 있습니다. "그 사람이 그런 행동을 하는 것은 저를 무시하는 거 아닌가요? 저를 무시하지 않았으면 저런 말을 할 리가 없죠. 저는 눈빛만 봐도 알겠어요"라며 '나는 무시 받고 있다'에 갇혀 있는 셈이죠.

어떤 분은 직장에서 능력을 인정받아 승진까지 했는데도, 그런 마음이 쉽게 바뀌지 않았습니다. 스스로를 칭찬하는 것이 아니라 일찍 승진하게 되어 '내가 나이가 어려 부하 직원에게 무시당하지 않을까?' 하고 의식하게 되는 것이지요.

그럴 때, '나는 유능한 사람이야'라고 스스로 생각하는 것이 도움이 됩니다. '나는 잘해낼 수 있고, 희망이 있다'고 믿는 건데요, 이런 자신감이 있으면 힘든 일도 꾸준히 해낼 수 있습니다. 그러나 자존감이 낮은 사람은 이런 자신감이 부족하기 때문에 '노력해봤자 별수 없지', '내가 뭐 늘 그렇지' 이런 생각으로 무기력한 상태에 빠지게 됩니다.

그런데 우리가 살면서 스스로에게 관심을 가지기가 생각보다 쉽지 않습니다. 상담 중에 어떤 분은 "선생님 제가 그동안 너무 바쁘게만 살았어요, 저를 좀 더 스스로 아껴줘야 한다는 것을 처음 알았어요"라고 말씀하시기도 합니다.

스스로에 대한 기대, 욕심을 줄이고 작은 일에서부터 성공 경험을 늘려간다면 자존감이 올라갈 수 있습니다. 실제 성적이 반에서 하위권인데 나는 1등을 해야 한다고 생각하면 자존감이 올라갈 수 없습니다. 현실을 고려해서 기대 수준을 좀 낮추고 대신 자신의 장점을 살려 성취감을 올리는 게 좋은 방법이 될 수 있습니다.

7

내 안의 우울을 들여다봅니다

음식 중독

- **"날씬한 몸매를 원하지만 먹는 즐거움은 포기할 수 없어!"**
  이렇게 말하는 사람이 많습니다. 특히 우울하거나
  불안할 때 맛있는 음식을 먹으면 실제로 기분이 좋아지고,
  스트레스가 줄어드는 것 같거든요.

○ 우리는 특히 맛있는 음식들에 둘러싸여 있습니다. 어딜 가나 손쉽게 음식을 구할 수 있고, 정보를 찾을 수 있죠. 또 평소

에 음식을 만들거나 소개하는 프로그램을 즐겨 보고, 맛집 투어를 검색해 '오늘은 어떤 맛집을 가볼까' 하며 찾아보는 게 일과인 사람도 많을 거예요. 식욕은 아주 본능적인 즐거움이기 때문입니다. "사는 게 너무 힘들어서 식욕마저 없다면 살 의미가 없었을 것 같다", "먹는 게 인생 최고의 즐거움!"이라고 말하는 분들이 많은 걸 보아도 알 수 있죠.

그렇다면 우리는 왜 배가 부른데도, 몸에 에너지가 넘쳐나는데도 자꾸만 먹고 싶은 걸까요? 사실 비만이라는 것은 역사적으로 인간과 인간이 사육하는 반려동물에서만 보인다고 해요. 야생동물이나 밀림에 사는 사자가 비만인 것은 잘 상상이 되지 않습니다. 실제 비만하지도 않고요.

- **야생동물은 사냥을 해야만 배고픔을
  해결할 수 있으니까 에너지 소모가 많아서
  살이 찔 수가 없는 것 아닐까요?**

◦ 사실 우리나라도 언제든지 맛있는 간식과 먹거리를 즐기게 된 게 수십 년이 채 되지 않았습니다. 이전에는 식량 사정이 어

려웠던 터라 '보릿고개'라는 말이 있을 정도였고, 그만큼 한 끼의 식사가 굉장히 중요한 시대였던 적이 있었습니다.

우리의 뇌는 에너지 공급이 아주 잘 되어야 합니다. 간혹 아프리카의 잘 먹지 못해서 빼빼 마른 아기들 사진을 보면, 몸과 팔다리는 너무 약한데 비해 두뇌의 크기는 비슷한 것을 볼 수 있습니다. 굶는 상태가 되면, 우선 두뇌로 에너지를 보내기 때문입니다. 쉽게 설명하자면, 우리가 설탕 100g을 먹는다고 하면 그중 70g은 뇌가 소비합니다. 뇌에 에너지가 부족하면 우리 몸의 근육이나 지방에서 에너지를 만들어서 공급하기도 하고, 배고픔을 느끼게 돼서 음식을 먹게 되는 것입니다.

그런데 현대인들은 만성 스트레스에 시달리지 않습니까? 그러니까 우리의 뇌는 늘 스트레스를 받고, 이때 분비된 스트레스 호르몬들이 에너지가 충분한데도 음식을 달라고 신호를 보내게 되는 것이지요.

- 스트레스를 받아서 내가 마음이 우울하고 불안하니까
  더 많이 먹게 된다, 그런 건가요?

○ 기분이 우울하거나 화가 나면 아이스크림을 한꺼번에 10 개 이상 먹기도 하고, 초콜릿 과자나 빵을 마구 드시는 분이 많은데요, 그분들의 얘기를 가만히 들어보면, 마음이 너무 허하고 채워지지 않는 어떤 공허함이 느껴질 때 많이 먹게 된다고 하시거든요.

그런데 문제는, 먹고 나서 배가 불러도 마음은 채워지지 않는다는 것입니다. 뭔가를 먹는다는 것이 이제는 영양을 보충하는 차원이 아닌 우리의 감정과 굉장히 가까이 있다고 볼 수 있는 부분입니다.

- 비만이 스트레스에 시달린 뇌 신호 때문에
  생긴 것이라면, 억지로 다이어트했다가 나중에
  요요현상이 생기는 건 필연적인 거군요?

○ 바로 그 점이 가장 중요한 부분입니다. 내 뇌가 지속적으로 보내는 식욕에 대한 신호가 결국 나의 스트레스와 연관이 있다

는 것입니다. 힘들게 굶거나 욕구를 참으며 겨우 살을 좀 뺐다가 폭식하는 걸 반복하는 사람들이 많은 이유이기도 하죠.

우리는 그냥 몸을 비만 자체로만 바라보는 경향이 있어요. '살이 쪘으니까'라는 이유로 '빼고 싶다', '헬스를 등록하고 운동을 시작해야지', '당장 오늘부터 저녁은 굶겠어'라며 마음먹고 야심차게 다이어트를 시작하지만 채 일주일도 지키기가 힘듭니다. 다이어트를 하면 할수록 아는 맛인데도 바삭한 치킨 생각, 달콤한 아이스크림을 먹고 싶다는 생각이 간절해지는 거죠.

- **스트레스 관리 없이 그냥 체중 줄이기에만
  신경 쓰면 실패할 수 있겠군요.**

○ 우리 뇌의 에너지와 우리 감정의 균형이 깨어질 때 살이 찔 수 있습니다. 따라서 스트레스 관리를 잘하는 것, 우울하거나 불안한 감정을 잘 조절하는 것이 우선되어야 합니다.

우리의 뇌는 힘들거나 스트레스를 받을 때 과도한 에너지를 모아두려고 한다는 것을 꼭 기억하세요. 스트레스를 다스린

후 식이 조절, 약물 치료, 운동 등 그다음엔 어떤 방법을 사용하더라도 효과가 있을 겁니다.

음식 중독이란?

배가 부른데도, 혹은 배가 고프지 않은데도 지속해서 음식을 먹는 것에 대해 최근 의학계는 '중독'의 관점에서 접근하고 있습니다. 마치 알코올이나 마약에 중독되듯 뇌의 회로에 변화가 생긴다고 보는 것입니다.

카일 버거(Kyle Burger) 등의 연구에 의하면, 비만인 사람과 그렇지 않은 사람을 대상으로 아이스크림을 먹게 하고 뇌 영상 촬영을 했더니, 비만한 사람의 뇌에서는 아이스크림을 한 개 먹었을 때 기분을 좋아지게 하는 뇌의 보상회로 활성화가 떨어진다는 결과가 있었습니다.

즉 우울하고 불안할 때마다 반복해서 음식을 먹게 되면, 나중에는 아이스크림 한 개 정도로는 기분이 회복되지 않으므로 습관적으로 10개, 20개를 먹게 된다는 것입니다.

잘 들어,
이불 밖은 정글이야!

저는 어려서부터 눈치가 없다는 말을 곧잘 들었습니다. 영어로는 번역이 되지 않는 한글 단어, '눈치'. 저와 비슷하게 눈치가 없었던 교포 2세가 외국 신문의 칼럼에서 눈치를 'eye measure'라고 번역해서 써놨던 게 기억납니다. 눈치란 다양한 의미를 내포하는 단어인데요, 상황을 단숨에 파악하는 힘, 분위기를 파악하는 능력, 힘을 가진 사람이 대충 전하는 뜻을 찰떡같이 알아듣는 재주, 이 정도로 표현토록 하죠.

중1 때쯤, 학급의 ○○ 부장 직책을 맡아 담임 선생님으로부터 어떤 표지판을 교실 앞에 걸어놓으라는 지시를 받았습니다. 저는 정말 시킨 대로 그냥 비스듬히 걸어두었는데, 나중에 알고 보니 '균형을 맞춰 끼워두라'는 뜻이었습니다. 그런데 아니나 다를까, 선생님이 제가 걸어 놓은 것을 보고 "민경이는 너무 눈치가 없어!"라고 말했다고 합니다. 전 이 사실을 가장 친한 친구로부터 전해들었어요. 저는 선생님의 지시에 다른 게시물은 어떻게 걸려 있는지, 선생님이 원하는 것이 무엇인지 살뜰히 파악하지 못했던 것이죠. 그렇지만 당시에 저는 처음부터 제대로 알려주지 않은 선생님에게 서운하고, 굉장히 속상해했던 기억이 납니다. 눈치가 없다는 말을 듣고 좋아할 사람이 과연 누가 있을까요?

그로부터 수십 년 후, 저는 병원에서 다른 부서원들과 또는 상하관계에서 힘들어하는 직원들을 자주 상담하게 되었습니다. 얘기를 듣다 보면 과거 제가 겪었던 일과 비슷한 경우가 종종 있고, 그런 상황을 힘들어하는 사람들이 많다는 것을 알게 되었습니다.

"팀장님이 잘해보라는데, 뭘 어떻게 잘하라는 것인지 모르겠어요."

"'그래요, 생각해봅시다'라고 하시는데, 좋다는 말인지 안 좋다는 말인지, 뭘 언제 하라는 것인지 모르겠어요."

"겪어봐야 안다고 하시는데, 구체적으로 알려주지 않아 너무 힘들어요."

반면, 그들이 힘들다고 하는 상사들은 이렇게 말합니다.

"어떻게 하나부터 열까지 다 알려주나요?"

"그 정도는 알아서 해야 하는데, 그런 것도 말을 해줘야 하는 건가요?"

"저는 눈치껏 애를 써서 이 정도 알아서 하는데, 왜 그 사람은 못하는 거죠?"

"요즘 젊은 사람들은 노력을 안 하는 것 같아요. 정말 곧이곧대로 딱 시킨 것만 하는 거 있죠."

"뭘 구체적으로 말해달라고 하는데, 저도 그냥 감으로 하는 거라 어떻게 말로 표현해야 할지 모르겠어요."

문화인류학자인 에드워드 홀(Edward Hall)은 구체적으로 서로 자세하게 설명하지 않고 눈치껏 알아서 하는 문화를 '고맥락적 문화'라고 했습니다. 우리나라, 일본 등이 이에 해당됩니다. 나름 이 문화에 적응된 사람 입장에서는 매우 효율적입니다. 공통된 합의가 있고 암묵적 룰이 있기 때문입니다.

윗사람 눈빛만 보고도 알아차리고 일이 척척 돌아가니 얼마나 대단한가요. '입 안의 혀 같다'라는 표현이 괜히 있는 게 아닙니다. 단, 이 문화는 절대적으로 강자에게 유리합니다. 문화에 새로 들어와 적응해야 하는 사람은 그 암묵적 룰을 몸으로 익히기 위해 엄청난 노력을 해야 하기 때문입니다.

뇌 과학 면에서 이 고맥락적 문화는 일종의 '절차 기억'에 가깝습니다. 무엇인가를 익히고 배우는 것을 둘로 나누어 설명하면, 하나는 의식적으로 공부해서 익힐 수 있는 사실 기억이고, 다른 하나는 그와 달리 직접 경험하고 반복해야 기억되는 '절차 기억'으로 구분할 수 있습니다.

'절차 기억'은 흔히 운동, 악기 연주, 요리 등으로 설명할 수 있는데, 요리의 경우 아무리 정확한 조리법이라고 하더라도 '한소끔 끓인다', '적당히 간을 한다', '푹 삶는다' 등의 모호하고 은유적인 표현들이 넘쳐납니다.

화초를 키우는 것도 비슷합니다. 상담실 분위기를 푸릇하게 해보려고 며칠을 고심하다 잎이 풍성하고 제 키만 한 큰 나무를 사던 날 저는 꽃 가게 사장님께 이렇게 물었습니다.

"물은 얼마 만에 줘야 하나요?"

"음… 환경에 따라 다른데요, 일단 일주일에 한 번 줘보시고 무엇보다 잎사귀를 손으로 한 번 만져보세요. 그럼 아실 거예요!"

저는 사장님의 말대로 일주일에 한 번씩 물을 주고 잎사귀를 손으로 만지작거렸지만 도통 잘 자라는지 알 수가 없었어요. 그러다 상담실에 들인 지 2달 만에 풍성하던 잎이 모두 우수수 떨어지고, 나무는 결국 말라 죽고 말았습니다.

모든 영역에서 누구나 다 몸에 익히기 위해서 모든 에너지를 쏟아 열심히 한다면 '절차 기억'이 강화되고 눈치를 기를 수 있습니다. 그런데 여기서 갈등이 발생됩니다. 세대가 바뀌면서 지금은 얼굴을 보며 소통하는 시간보다 간편하게 문자나 SNS로 소통하는 것을 더 편하게 여기는 사람들이 많아졌습니다. 얼굴을 보며 말하지 않으면 서로의 감정을 파악하는 능력이 현저히 떨어지는데, 많은 사람이 그것을 간과하며 살고 있습니다.

애초에 우리와 문화가 다른 저맥락적 문화가 일반적인 미국이나 독일에서는 지나칠 정도로 상세하게 학문이나 일하는 방식들이 기술되어 있습니다. 상담 치료 기법도 마찬가지인데, 단어 하나하나 장면 하나하나를 모두 따라서 배우고 익힐 수 있게 안내합니다.

이런 것을 '구조화'라고 하는데, 우리도 세대 간의 소통을 위해서는 이제 '눈치'에 의존하는 문화를 좀 바꿔야 하지 않을까 생각합니다. 후배들에게 꼰대라는 소리를 듣고 싶지 않다면, 서로를 이해하기 위해 몇 가지 주의할 점이 필요합니다.

먼저 기존의 문화에 있는 사람들은 아는 지식을 구조화하는 것이 필요합니다. 눈빛으로 이해하고 어깨너머로 지식을 전달받는 시대는 지났습니다. 오랜 시간을 투자해서 몸으로 익혀야 하는 업무도 처음에는 지식처럼 습득하고 공부하면 시간을 훨씬 단축할 수 있습니다. 주차하는 법, 복잡한 도로로 진입하는 방법, 악기를 연주하는 방법 등을 누군가 자세하게 영상으로 설명한 것을 보면 빨리 습득할 수 있는 것과 비슷합니다.

내가 아는 것을 자세히 설명하고 알려주는 것이 결국은 나에게 도움이 된다는 것을 명심해야 합니다. '이런 것까지 알려줘야 하나?'라고 생각될 정도로 전달하는 것이 때로는 필요합니다. 상대방이 알고 있는 것이 어디까지인가를 먼저 고민해보는 것도 좋은 방법입니다. 그리고 새로운 문화로 들어가는 사람들은 모르는 것을 물어볼 때 메시지보다는 얼굴을 직접 보고 요청하는 연습을 해야 합니다. 생각보다 글로 의견을 주고받다 보면 속도도 느릴 뿐 아니라 오해가 생기기 쉽습니다. 순서가

정해져 있는 매뉴얼을 받는 것과 질문을 주고받는 것은 확실히 차이가 있으며, 사람과 사람 사이의 의사소통은 비언어적인 것이 80퍼센트 이상임을 명심해야 합니다.

우리는 서로의 표정, 즉 미간을 찌푸렸는지, 상대가 어떤 표정인지 등을 살피며 서로 감정을 교류하게끔 진화되어왔습니다. 서로 얼굴을 보며 말하는 것이 연습되지 않다 보면 모든 것을 메시지로 전달하고 싶은 욕구가 생깁니다.

입사하기로 한 회사에 말도 없이 출근하지 않고, 메시지로 나가지 않겠다고 알리는 사람들이 종종 있는데, 그만큼 어색한 상황에서 대면 혹은 목소리로 자신의 의사를 전달할 용기가 없기 때문이기도 합니다. 당연히 인사 담당자나 상급자는 사직서를 대신한 그 메시지 하나에 많이 당황해합니다. 하지만 메시지를 보낸 직원 역시 그 상황이 좋진 않았겠죠. 짐작해보건대 어떻게 처리할지를 몰라 엄청나게 괴로워했을 겁니다.

현대 사회에서 우리는 이렇게 큰 심리적 거리감을 항상 가슴에 담아 둔 채 매일매일을 불안하게 살고 있는지도 모릅니다.

서로를
이해한다는 것

$$\boxed{1}$$

끝까지 존버! 존버! 존버!

직장 내 스트레스

- 하루 중 많은 시간을 보내는 곳이 바로 직장인데요,
  그렇다 보니 직장에서 받는 스트레스도 커요.

○ 그만큼 많은 사람의 직장생활이 스트레스와 매우 밀접한 관련을 가지고 있다고 볼 수 있습니다. 직장인에게 "직장생활에서 가장 힘든 것이 무엇인가요?"라고 질문했을 때 보통 "일이 힘들다", "업무를 감당해내기 어렵다", "월급이 적다"라는 답

변들을 듣습니다. 그중 가장 많은 부분을 차지하는 것은 '직장 내 인간관계'인 것 같습니다.

회사는 다양한 연령, 성별, 전공 등 각자 다른 색깔을 가진 사람들끼리 모여 지내는 곳인 만큼, 새로 적응하려는 사람도 기존 직장에서 새로운 직원을 맞는 입장에서도 서로 노력하지 않으면 좀처럼 화합하기가 힘듭니다.

감정은 서로 주고받기 마련입니다. 실수가 잦아지면 지적을 많이 받게 되고, 실수를 많이 하는 부하 직원을 둔 상사 입장에서는 짜증이 늘어나겠고요, 신입직원 입장에서는 자꾸만 눈치가 보이고, 주눅이 들고, 자신감을 잃게 됩니다. 자신감을 잃고 불안한 상태에서 일을 처리하면, 그만큼 집중력이 떨어지고 실수를 더 많이 하게 됩니다. 정말 악순환이죠. 그런데다 상사가 스트레스를 풀어주겠다고 데리고 간 술자리나 노래방 같은 곳이 상대 직원의 취향과 맞지 않는다면 그 공간 자체가 또 스트레스가 되고 맙니다.

직장 회식 때에도 그렇습니다. 많은 사람이 즐겨하기 때문에 식사 이후 2차 자리로 노래방이 선택되는데요, 여러 내담자를 만나 보면 이런 문화에 잘 적응하지 못하는 분들이 상당수입니다. 어떤 분은 어쩔 수 없이 노래방에 따라가지만 본인이 음치라서 노래를 시킬 때마다 아주 고역이라고 합니다. 또 노래를 부르라고 해서 억지로 불러도 잘하지 못하니 아무도 주목하지 않아 쩔쩔매는데, 다른 사람들은 또 자기들끼리 대화를 나누거나 음주하는 분위기가 연출되는 거죠. 이 상황이라면 당사자는 어떤 기분이 들까요? 그야말로 도망치고 싶지 않을까요.

다른 예로, 직원들끼리 인사를 잘 하지 않는 경직된 분위기의 직장에서 분위기를 바꿔보려고 열심히 인사를 한 분이 계셨는데요, 인사를 다정하게 받아주기보다 뭘 그렇게 볼 때마다 열심히 인사하느냐고 핀잔을 받게 되었다고 해요. 그러면 그 사람은 풀이 죽기 마련입니다.

조금 각색되었지만, 이러한 사례들은 실제 제가 많은 분을 상담하면서 듣게 되는 예들입니다. 그만큼 직장은 여러 사람 간의 감정이 교류하는 공간임을 잊지 말아야 합니다.

- **직장에서 사람들에게 하루 종일 시달리다 보면
  정말 진이 빠지고 힘듭니다.**

○ 맞습니다. 업무적으로 연결되어 있는 사람과의 갈등은 일에 집중하지 못하게 하고, 분노나 무기력감 등을 유발할 수 있습니다. 급기야 자신을 괴롭히는 상사 때문에, 무능한 부하 직원 때문에, 이기적인 동료 때문에 일을 못 하겠다고 생각하는 지경에 이르게 됩니다.

그러면 어느 순간 직장에 대한 불만, 불평을 쏟아내며 하루를 보내고 있는 자신을 발견하게 됩니다. 정말 그 직장 동료가 이상한 사람일 수도 있습니다. 그럴 때는 이직만이 정답이겠지만, 어떤 갈등의 근원은 내 안에 있는 경우가 많습니다. 그러므로 그럴 때는 스스로를 먼저 관찰하는 것이 필요합니다. 그러면 자신이 항상 비슷한 문제로 괴로워하는 경우가 많다는 것을 알 수 있게 됩니다.

물론 이 정도 생각할 수 있다면, 이미 스스로 마음을 들여다보는 훈련이 잘된 분이십니다. 이때 명심해야 할 사실은, 이를테면 '왜 하필 나만 이런 일을 당하지?', '정말 세상 불공평하다', '왜 나만 이런 대접을 받지?'와 같은 부정적인 생각은 결국 나에게 아무 도움이 되지 않는다는 것입니다.

- **하루 종일 투덜거리는 사람을 종종 봅니다.**
  그러면 괜히 서로 불편해지는 것 같아요.

○ 투덜대는 사람은 본인도 힘들지만, 그를 지켜보거나 받아줘야 하는 주위 사람들도 꽤나 힘들죠. 불평과 불만이 많은 사람은 먼저 마음을 다스려야 합니다. 마음의 안정을 취하는 데 도움이 되는 방법은 우선, 생각의 융통성을 발휘하는 것입니다. 정말 절대 일어나지 않을 것 같은 일이 일어나는 것이 세상 일이잖아요. 세상에는 피할 수만 있다면 피하고 싶은 일들이 많지만, 살다 보면 기분 나쁜 일이 얼마든지 생길 수 있습니다.

'이것이 인생이고, 누구에게나 일어날 수 있는 일이다'라는 마음으로 일단은 받아들이는 연습이 필요합니다. 어떤 상사가 왠지 너무 밉고 얄미워서 힘들더라도, 그를 신경 쓰다가 병이 나면 오히려 내게 손해라고 생각하는 것입니다. '나는 지혜로운 사람이다. 더는 신경 쓰지 말자' 하면서 받아들이고 융통성을 발휘하는 것이죠.

명심할 것은 누군가를 미워하거나 투덜거린다고 해도 현실은 바뀌지 않고, 내 몸의 스트레스 호르몬만 분출이 된다는 사실입니다. 이에 화병, 위장병 등 몸에 다양한 문제가 생길 수 있습니다. 심한 스트레스를 받아 소화가 안 되고 가슴이 두근거리며 속쓰림 등의 문제를 겪어도 내 마음 때문에 몸이 아프다는 것을 우리는 쉽게 이해하지 못합니다. 뇌와 몸은 연결되어 있기 때문인데요, 반복되는 불편한 사람과의 관계는 마음속에 감정의 길을 깊게 만듭니다.

예를 들어, 상사에게 크게 혼나고 비난을 당해서 속상한 마음이 들었다면 이제는 그 사람을 볼 때마다 혹은 업무가 시작되어 지시를 받는 상황마다 내 마음은 반응하기 시작합니다. 몸 안에 폭풍우처럼 몰아치는 스트레스 호르몬의 영향은 곧이어 뇌로 신호를 보내면서 '지금은 위기 상황이야'라고 외치게 되죠. 그럴 때 우리는 쉽게 분노하게 되는데요, 우울하거나 무기력한 느낌에 비해 때로는 더 낫다고 느끼기도 합니다. 동료들과 불만을 터트리며 상사에 대해 험담을 나누면 그 순간은 왠지 후련함을 느낄 수도 있고요. 하지만 그뿐입니다. 현실은 변하지 않고, 험담을 나누는 동료가 때로는 나에게 화살을 겨누기도 합니다. 분노란 결국 부메랑처럼 돌아 나에게 향하기 마련이니까요. 누군가를 함께 비난하면서 생긴 동료애는 그리 오래 가지 않습니다. 타인에 대한 험담이 아니라 내 마음의 상처를 말하는 것이 더 도움이 된다는 것을 기억하세요.

덧붙여 어떻게 하면 사람들과 행복을 나눌 수 있는지, 내가 다른 사람에게 상처 주지 않고, 나도 다른 사람에게 상처받지 않게 말하는 방법은 무엇인지 고민해보세요. 가장 좋은 방법은 '비난하지 마라!', '상대방과 관심을 공유하라!'를 마음속으로 새기는 일입니다.

● **비난하지 말고, 관심을 가져라! 쉬운 것 같으면서도 어떻게 보면 참으로 어려워 보입니다.**

○ 사람은 혼자 살지 않죠. 즉, 대부분이 여러 사람과의 관계 속에서 생활합니다. 여러 사람과 관계를 맺고 유지하는 데 있어 소통은 빼놓을 수 없는데요, 소통에서 무엇보다 중요한 것이 말하기와 대화입니다.

상대와 소통할 때는 비난하지 말아야 합니다. 한번 생각해볼까요? 그동안 사람들과 대화하면서 상대방을 지적하진 않았는지 말이죠. 사실 생각보다 우리는 남을 지적하고, 남을 탓하는 대화를 굉장히 많이 합니다.

예를 들면, 여러 번 실수하는 직원에게 "A씨 도대체 정신이 있는 거야? A씨 때문에 이번 일을 완전히 망쳐버렸잖아. 책임질 거야?"라든지, 방 청소를 하지 않는 아이에게 "도대체 너는 네 방도 제대로 청소 못 해서 뭐가 되겠니? 옆집 아이는 공부도 잘하고 청소도 잘한다던데 너는 청소 하나 못하니?"라고 말하는 경우입니다. 무의식 중에도 흔히 할 수 있는 말이라서 늘 조심해야 합니다.

- **몰랐는데… 듣고 보니 저도 했을 수 있는 말이에요.
  그동안 참 쉽게 했던 말 같아요!**

○ 우리는 화가 나거나 뭔가가 잘 풀리지 않을 때 상대에게 화를 내고 지적하고 비난하기 쉽습니다. 말 그대로 상대방에게 화풀이를 하는 거죠. 여기에는 강하게 충격을 주고 망신을 줘서 억지로 잘하게 하겠다는 의지가 들어 있기도 합니다. 그런데 그런다고 상대방이 갑자기 일을 잘하게 되고, 청소 안 하던

아이가 갑자기 청소를 잘하게 될까요? 아닙니다. 그 순간은 내가 원하는 대로 하게 할 수 있지만, 그건 어떻게 보면 강요와 폭력에 가깝습니다.

놀이공원이나 쇼핑몰에서 떼쓰는 아이에게 부모님들은 "이렇게 떼쓰면 지금 집에 갈 거야", "돈이 하늘에서 떨어지니? 이걸 왜 사달라고 하니?"라며 흔히들 말합니다. 이것은 회사에서 "A씨 이런 식으로 할 거면, 아예 그냥 그만두세요"라고 말하는 것과 같습니다.

위 경우, 첫 번째는 '협박', 두 번째는 '심한 망신 주기'라고 볼 수 있습니다. 내가 원하는 행동을 이끌어내기 위한 방법인 셈이죠. 물론 이 방법들은 즉각적인 효과를 가져옵니다. 아이들이 눈물을 흘리더라도 그 순간에는 말을 듣게 되죠. 또 직원은 얼굴이 빨개지고 모멸감을 느끼지만 그만둘 게 아니면 참아야 한다고 생각하게 됩니다.

그렇지만 어떤 상처를 받으면서 받아들인 교훈 같은 건 상처만 남고 머리에 잘 남지 않습니다. 우리의 기억이 그렇습니다. 회사의 직원도 마찬가지입니다. 내가 무시를 당했다는 기억만 갖게 되고, 회사에 애정을 가지기 힘듭니다.

다른 사람을 자꾸 비난하는 태도는 행복한 대화를 하는 데 전혀 도움이 되지 않을 뿐 아니라, 내 기분도 좋지 않게 하고 상대에게는 상처가 된다는 것을 잘 알아두셨으면 좋겠습니다.

- **타인의 잘못만 지적하고, 타인을 대하는 태도가 냉랭한 사람과는 어떤 방법으로 대화를 이끌어나가야 하는지 궁금합니다.**

○ 앞서 행복한 대화를 위한 방법으로 '비난하지 말자', '상대 방과 관심을 공유하자'라고 말씀드렸습니다. 여기서 관심을 공유하는 것이 어떻게 도움이 되는지 알아보려고 합니다.

평소 한쪽의 지시나 비난이 이루어지는 관계는 보통 부모와 아이, 상사와 직원과 같은 사이로, 한쪽이 힘을 더 많이 가지고 있는 경우에 잘 나타납니다. 이런 상황에서는 힘을 더 가진 쪽에서 상대방의 얘기를 잘 들어주는 자세가 필요합니다. 그런데 제아무리 잘 들으려고 노력한다 해도 초반에 그 관계가 굉장히 차가웠다면, 아이나 직원은 이미 마음의 문을 굳게 닫아버린 상태라 대화를 갑자기 하려고 해도 이어나가기가 어렵습니다.

이때 필요한 것이 '관심사 공유하기'입니다. 즉 상대의 흥미나 기분에 깊은 관심을 가지는 것이지요. 물론 이때에도 상대에 대해 잘 살펴보고 이해한 다음에 시도해야지, 성급하게 대화를 해보겠다고 아무 말이나 칭찬을 내뱉게 되면 오히려 거북함을 느낄 수 있습니다. 무턱대고 "A씨, 오늘 아주 잘했어"라고 한다면 A씨는 '오늘 특별한 일도 없고, 평소 나에 대해 잘 알지도 못하면서 왜 저런 말을 할까?'라고 생각하게 됩니다.

관심 가지기는 그 사람의 작은 일상, 이를테면 취미에서부터 그 사람의 평소 생각이나 신념과 관련된 것까지 넓게 바라보는 일입니다. 상대를 편안하게 대하는 것이 중요하며, 처음에는 복잡한 생각 등에 대해서는 파고들지 말고, 취미나 가벼운 일상적 관심부터 접근하는 것이 무난합니다.

'그 사람이 편안한가? 편안하지 않은가?'를 구별할 때는 '쉽게 잡담을 나눌 수 있는가? 침묵이 흘렀는데 어색하지 않은가?' 이걸 떠올려보면 알 수 있습니다.

- **보통 업무적으로 좀 불편한 상대와 대화를 나눌 때 굉장히 어색하고 대화를 진행하기가 힘듭니다.**

○ 직장 내에서 불편한 상대와의 관계를 떠올려보면, 평소 서로가 관심이 없고 가벼운 잡담도 나누지 않던 사이라는 것을 깨닫게 됩니다. 이때 조금 열린 마음으로 상대를 대해보면 어떨까요? 얼굴을 마주하면 눈인사부터 식사는 했는지 등의 인사를 건네보는 것입니다. 또 상대방이 대화를 시작했을 때 그에 맞춰 들어주는 것이지요. 그러다 보면, 상대가 먼저 자신의 생각, 평소 고민거리 등을 먼저 털어놓을지 모릅니다. 상대방이 말하는 속도에 맞춰 계속 관심을 가지기만 해도 두 사람의 관계는 굉장히 친밀해지고 대화가 행복해집니다.

그렇지만 그것은 어디까지나 말하고 싶은 상대방이 정하는 거지, 내가 질문을 해서 이끌어낼 수는 없습니다.

- **대화할 때, 나도 모르는 습관 등이 있어서 상대방에게 상처를 줄 때가 있습니다.**

○ 이것은 상담을 전문으로 하는 사람도 굉장히 오랜 기간 연

습하고 노력해야 하는 부분입니다. 일상생활에서 남의 말을 잘 듣고, 이해하고, 상처 주지 않기란 꽤 어려운 일입니다.

대화의 기본은 상대방의 말에 귀를 기울이고 잘 듣는 것입니다. 특히 지위가 높은 사람일수록, 힘을 가진 사람일수록, 가족 내부에서는 부모들이 마음에 새겨야 할 원칙입니다. 토론이 오가는 자리나 식사 자리에서 흔히 지위가 높은 사람이 혼자서 말하는 경우를 보게 됩니다. 이 경우, 서로 동등한 위치에서 대화가 왔다 갔다 하는 것이라기보다는 상사가 말하니까 부하 직원은 맞장구를 치게 되는 것입니다. 이는 진정한 소통이 아닙니다.

같은 말을 반복해서 듣게 되는 직원은 힘들고, 말하는 상사는 정신없이 말하다 보니 나만 혼자 떠들고 있더라는 경험이 누구나 한 번쯤은 있으실 겁니다.

• **상대방의 말을 그냥 듣고 있는 것이
제일 좋은 방법일까요?**

◦ 사실 남의 말을 귀 기울여서 잘 듣는 것, 즉 경청은 매우 노력이 필요한 일인데요, 듣는 자세가 정말 중요하기 때문입니

다. 경청은 단순히 귀를 기울이는 것이 아니라, 말하는 사람의 마음을 헤아리며 이야기를 듣는 일입니다. 듣고 있는 말에 어떤 판단이나 성급한 조언을 하는 대신 깊은 관심을 가지고 잘 들어주는 것이 상대에게 굉장히 큰 위안을 줍니다.

우리는 남의 말을 그냥 듣는 것에 익숙하지 않습니다. 특히 나와 아주 가까운 사이에 있는 사람일수록 그렇죠. 아주 쉬운 예로, 아이가 부모에게 "그냥 수학 포기할래요. 게임이나 하고 싶어요"라고 말했을 때 "얼마나 힘들어서 포기하고 싶은 마음이 들었을까? 힘든 부분을 조금 더 얘기해볼래?"라고 대답할 수 있는 부모는 많지 않을 테니까요. 보통은 "수학을 포기하고 어떻게 대학을 가겠니?"라며 판단이 섞인 비난을 하게 되죠.

어떤 사람이 배우자에게 "아, 회사생활 힘들다, 그냥 그만둘까?"라고 푸념했을 때 배우자는 "당신, 그 정도로 힘들었군요. 좀 더 얘기해봐요"라는 말 대신, "당장 그만두면 우리 생활비는 어떻게 감당할 건데요? 아이 교육비는요?"라고 말하게 됩니다. 그러다 보면 상대는 위로받지 못한 채로 마음의 문을 굳게 닫아버립니다.

내가 말해봐야 돌아오는 건 잔소리나 당장 내 마음을 헤아리지 못하는 조언뿐입니다. 사실 정말 힘들어하는 사람은 진짜 자신에게 필요한 말이라 할지라도, 그 말을 받아들일 준비가 되어 있지 않다면 상대가 해준 말들이 모두 잔소리로 인식될 가능성이 높습니다.

- **그렇다면 남의 말을 먼저 잘 듣고,**
  있는 그대로 받아들이는 것이 최선의 방법일까요?

◦ 상대의 말을 마치 거울에 비추는 것처럼 들어야 합니다. 아무 판단이나 지적 없이 그 말 자체를 이해하려 하고, 그 마음을 깊이 느껴보는 것입니다. 내가 수학을 포기하고 싶을 정도로 공부하기 싫은 마음을 부모가 알아준다는 것을 아이가 알게 되면 그것 자체로 에너지를 얻을 수 있습니다.

사회에서 요구하는 삶, 학교나 부모님들이 제시하는 모범생 답안을 아이들은 이미 다 알고 있습니다. 그럼에도 불구하고 쉬운 일이 아니기에 좌절하고, 마음이 괴로운 건데요, 그 마음을 그대로 받아들여 떠안고 있거나 대화를 나누지 않으면 마음의 문은 닫히게 됩니다.

회사를 당장 그만두고 싶다는 사람에게 배우자가 "당장 그만둘 정도로 많이 힘든 거군요"라고 메아리처럼 상대방의 말을 그대로 되풀이할 수 있습니다. 혹은 "너무 지쳤다는 건가요?"라고 표현하거나 자신이 이해했는지 다시금 물어볼 수도 있습니다.

정확히 그 뜻을 잘 알 수 없다면 추측하는 대신 "그게 어떤 기분인가요?", "뭐가 힘들다는 건지 조금 더 구체적으로 말해줄래요?"라고 말할 수 있습니다. 중요한 것은 말할 때의 속도와 목소리의 톤입니다. 같은 말이라도 말하는 사람의 감정은 말할 때 미묘하게 전달되거든요. 상대가 한 말을 이해했다는 듯 말하지만 마음속으로는 비난하거나 억지로 하고 있다는 느낌으로 말하면 상대 역시 비꼬는 말로 듣거나 궁지에 몰린다고 느낄 수 있습니다.

그렇지만 한쪽이 심하게 좌절해 있거나 그것으로 인해 반복된 어려움이 나타날 경우는 상황이 조금 다릅니다. 예를 들어, 어떤 직장인이 우울한 기분 때문에 일에 잘 적응하지 못하고 입사한 지 2, 3주 만에 반복해 직장을 그만두게 되었을 때, 가족에게 이렇게 말할 수 있습니다.

"완전 자신감을 잃었어요, 노력해도 소용없어요. 제가 한심하게만 느껴져요."

그러면 처음에는 가족들이 격려와 위로를 할 테지만, 나중에는 "나도 힘들어, 그만 좀 징징대, 그래서 어쩌자는 거야?" 하는 식의 과격한 반응을 보이기 쉽습니다. 이 경우는 중간에서 대화에 도움을 주는 전문가가 필요할 수 있습니다.

- **진짜로 내 가족의 아픔이라면
객관적으로 말하기가 쉽지 않아 보입니다.
가족에게는 생각없이 툭 내뱉게 돼요.**

○ 그래서 대화할 때 우리가 조심해서 써야 할 단어는 상대를 궁지로 모는, 마치 누군가를 심문하는 식의 말입니다. 이를테면 "그래서요?", "그건 왜죠?", "그게 도대체 무슨 의미죠?"와 같은 것들이죠. 이러한 말들은 정말 부드럽게 전달하지 않으면 단어 자체가 매우 날카로워서, 듣는 사람은 가뜩이나 마음이 힘든데 잘못을 질책당한다고 느낄 수 있습니다.

우리는 대화할 때, 상대를 존중하고 말을 잘 들어주는 자세가 그 어떤 조언이나 충고보다 훨씬 상대방에게 힘이 될 수 있다는 점을 잊지 말아야 합니다. 그것이 결국 내가 상대에게 존중받을 수 있는 연결고리가 되기도 하고요.

 지금이라도 상대방의 말을 잘 듣고, 판단 없이 그대로 마음 깊이 받아들이는 연습을 해보시기 바랍니다.

2

타인과 비교하는 마음

비교병

• 늘 많은 사람 속에서 살아가다 보니,
  저도 모르게 남과 비교하는 경우가 많은 것 같습니다.

○ 그렇습니다. 누구라도 자유롭지 못합니다. 우리나라는 워
낙 인구 밀도가 높고, 많은 사람과 함께 어울려 살아가다 보니
더 그런 것 같기도 합니다. '엄친아'라는 말이 생겨나 유행한 것
을 보면, 자신뿐 아니라 내 배우자, 내 자녀도 얼마나 쉽게 비교

대상에 올리는지 알 수 있습니다.

　마음의 상처로 힘들어하며 상담실을 찾는 분들이 가장 많이 하는 말이 '비교'입니다.
　"제 친구들은 다 결혼해서 집도 장만하고 차도 있고 그런데 저는 아직 이 나이에 아무것도 이룬 게 없어요!"
　"아들이 유학까지 다녀왔는데, 남들처럼 번듯한 직장도 못 가지고 집에만 있어요!"
　"저희 부모님이 재벌 2세였다면, 저도 편하게 먹고 살았을 텐데 원망스러워요."
　내담자들이 자주 하는 하소연인데요, 비교의 대상이 본인을 향하기도 하고, 자녀를 향하기도 하고, 부모님을 향하기도 합니다.

　그런데 그 결과는 모두 똑같이 스스로가 작아지고 비참해진다는 것에 있습니다. 한없이 비교하는 사람의 마음을 가만히 들여다보면, 연약하고 자신감 없는 아이가 숨어 있는 경우가 많습니다. 몸은 성인이 되었지만, 마음속 깊은 곳에는 성장하지 못한 아이가 있는 것이죠.
　정신분석가인 융(Carl G. Jung)은 다른 사람에게 좋은 인상을 주고, 자신감 있는 모습을 보이는 것을 '페르소나'라는 개념을 들어 설명했습니다. '가면'을 뜻하는 희랍어인데요, 진정한 자기와는 분리되는 일종의 가면을 쓰고 살아가는 것으로 해석할 수 있습니다.

- **'페르소나'는 나쁜 것인가요? 사람들이 모두 가면을 쓰고 살아가기 때문에 비교하게 되는 걸까요?**

○ 페르소나가 다 나쁜 것은 아닙니다. 다만 학생으로서의 페르소나, 직장인으로서의 페르소나가 잘 형성되지 못하면 누구든 자신감이 없고 자아가 흔들릴 수 있습니다. 성장하면서는 자신만의 건강한 페르소나를 만드는 게 꼭 필요합니다.

그런데 '친구들은 결혼해서 다 집도 장만했고, 내가 하는 일은 변변치 못한 것 같다'라고 생각하는 사람은 아마도 대한민국의 청년이라면 이러이러해야 한다는 정해진 사회적 잣대에 따라서 페르소나를 고집하고 그것에 너무 맞추려고 하다 보니 괴로움이 생긴다고 볼 수 있습니다.

주위에서 권유하는 것, 다수가 원하는 것에 따라서 살다 보면 나의 진짜 내면을 들여다볼 기회가 점차 줄어들고, 기대에

부응하지 못했을 때 괴로워집니다.

- **요즘 청년들은 특히 어려서부터
  너무 비교를 당하며 자라는 것 같아요.**

○ 경쟁이 치열한 사회는 서로 자극을 주며 발전될 것 같지만, 어두운 이면도 분명히 있습니다. 우리나라처럼 교육열이 높고, 인구 밀도가 높은 다른 곳도 비슷한 현상을 보입니다.

《감정은 어떻게 전염되는가》라는 책의 저자 리 대니얼 크라비츠(Lee Daniel Kravetz)는 미국 팰로앨토의 한 명문 고등학교에서 연달아 학생들의 자살이 일어난 사건을 기술하고 있습니다. 아이들이 성공한 부모와 똑똑한 친구들 사이에 둘러싸여 스스로를 자책하다 결국 극단적인 선택을 하게 되는데요, 그러한 분위기가 어떻게 형성되고, 쉽게 번지는가를 경고하고 있습니다.

현재 우리나라의 많은 청소년도 자기만의 페르소나를 잘 만들지 못하고, 흔들리는 경우가 많습니다. 스스로 감정을 조절하고 누군가에게 위로받는 일이 어렵다 보니, 결국 몸에 상처를 내며 마음을 가라앉히려고 하는 경우가 점점 많아져서 안타까울 따름입니다.

- **어떻게 하면 타인과의 비교에서**
  자유로울 수 있을까요?

○ 많은 분이 이 점을 고민합니다. "비교하고 싶지 않은데, 그런 마음이 자꾸 드는걸요"라고 말하면서요. 저는 그럴 때 이렇게 질문을 돌려서 묻곤 합니다.

"○○씨 마음은 어떠세요? 어떻게 해야 내가 행복할 거라고 느껴지세요?"

이렇게 물으면 스스로의 내면으로 잘 들어가서 작지만 자신에게 필요한 행복을 찾는 분들도 있고, 가끔 놀랍게도 이렇게 답하는 분들이 있습니다.

"잘 모르겠어요. 생각해보지 않아서요."

"○○가 이렇게 하라고 늘 말했거든요."

그러면 저는 스스로의 마음을 잘 들여다보라고 주문을 합니다. 그런데도 대답은 쉽게 바뀌지 않습니다.

"아는 언니가 이렇게 하라고 하더라고요."

"엄마가 이렇게 하는 게 좋다고 해요."

"친구가 이러면 안 된다고 해요."

"점을 봤는데 저는 이렇게 된대요."

스스로 자신이 없다 보니 자꾸 작아지면서 주위 사람들의 말에만 자꾸 휘둘리게 되는 겁니다. 사회가 강요하는 페르소나에 맞추려고 하지만, 정작 스스로 고민하고 만든 틀이 아니니 맞추기가 버겁고 힘든 것입니다.

그렇게 자라고 살아가다 보니, 훗날 부모가 되었을 때 자녀에게도 똑같이 대하게 됩니다. 아이가 무엇을 좋아하는지, 시험에서 어떤 부분을 잘하고 어떤 부분을 못했는지에는 크게 관심을 두지 않습니다. 점수를 높게 받아야만 잘했다고 생각하죠. 심지어 만점을 받았는데도 대다수가 만점이라는 말을 들으면 잘했다고 칭찬해주지도 않습니다. 이미 우리 마음의 기준은 다른 아이와의 '비교'에 있기 때문입니다.

- **결국, 자신의 마음에 집중하는 것이
  남과 비교하지 않는 것의 시작이겠군요?**

○ 어쩌면 각각의 유전자에 이미 새겨져 있는지도 모르겠습니다. 남들과 비슷하게 살아가야 한다고요. 튀는 행동을 하고, 무리에서 벗어나게 되면 원시시대에서는 생존율이 떨어졌을 테니까요. 그런 성향이 대대로 이어져 내려오는 겁니다. 그래서 남들을 신경 쓰지 않고 오롯이 나에게만 집중한다는 게 자연스럽지 않고 어려운 것인지도 모르겠습니다.

우선, 가장 쉽게 해볼 수 있는 것이 기준을 '나'에게 두는 것입니다. 나보다 훨씬 좋은 직장에 다니고, 내가 부러워하는 차를 타고 있는 사람에게 기준을 둔다면, 나는 항상 비교 하위에 있어 비참하고 우울해질 수밖에 없습니다. 대신에 현재의 나를 1년 전의 나, 혹은 한 달 전의 나와 비교하는 것입니다.

"1년 전의 나는 취업 준비생이었는데, 지금은 이렇게 직장 생활을 시작하게 되었어, 참 대견하다."

이렇듯 스스로 격려할 수 있어야 합니다. 또 부모라면 아이에게 이렇게 말해주는 겁니다.

"우리 아이가 한 달 전에는 이 문제를 못 풀었는데 한 달 사이 배우고 노력해서 문제를 풀 수 있게 되었구나! 참 대견하고 훌륭하다."

만약 고혈압 진단을 받고 '왜 나만 자꾸 나이가 들면서 이런저런 병에 걸리지? 남들은 건강하게 잘만 지내는 것 같은데… 이러다 빨리 죽는 거 아닌가?'라며 남들과 비교하는 대신, 운동을 시작하고 규칙적으로 혈압을 관리하면서 '아, 내가 그래도 한 달 전보다는 생활 습관이 좋아졌어, 더 건강해진 거야!'라며 스스로를 칭찬하는 것입니다.

어떤 일이든 감사하는 마음을 가지는 것도 도움이 될 수 있습니다. 사소한 일들에 감사하는 마음을 가지기는 쉽지 않습니다. 그렇지만 평소에 당연하다고 여겼던 일들에 대해 '아! 당연한 게 아니었구나! 정말 고마운 일이구나!'라며 감사하게 되는 것은 조금이나마 나를 행복하게 만들어줍니다. 이런 매일매일의 작은 실천이 남과 비교하는 마음을 돌리는 첫 단추가 될 수 있습니다.

3

모두를 있는 그대로
받아들이는 법

대인 관계

● **사람과 사람 사이에서 발생하는**
문제가 많은 것 같아요.

○ 상담에 오시는 분들의 대다수가 대인 관계 때문에 고통을
받습니다. 그런데 재미있는 것이 있는데요, 다들 상대방이 먼
저 바뀌기를 기대한다는 것입니다.

"제 남편한테 이런 게 불만인데, 좀 바뀌었으면 좋겠어요."

"상사가 너무 잔소리가 많아요. 나한테 그렇게 안 했으면 좋겠어요."

"친한 친구가 있는데, 너무 이기적이라 무척 괴로워요."

그나마 본인 상담으로 상담실을 찾는 분들은 그래도 스스로 '내 문제가 있지 않을까' 하는 궁금증이라도 있지만, 진료가 목적이 아닌 분들은 대부분 다른 사람에 대한 불만이 더 심하고, 다짜고짜 상대방이 무슨 문제가 있는지 밝혀달라고 요구하기도 합니다.

그러면서 '내 주위 사람들이 바뀌었으면 좋겠다'는 희망을 품고 지냅니다. 현대인들은 이미 사회에서 서로 비교하는 문화에 물들어 있어 더 힘들어하기도 합니다. 하지만 다들 매일매일 경험하듯 누군가에게 "당신, 그게 문제야 좀 바꿔!"라고 하면 문제가 해결될까요?

어린아이들은 가능할지 모르겠습니다. 아주 강하게 힘으로 누르면 당할 재간이 없어 일정 기간 동안은 통하는 것처럼 보일지 모릅니다. 그렇지만 시간이 지나면 그런 방법은 오래 가지 못하는데요, 누군가에게 크게 비난을 받고 창피를 느끼면서 스스로를 변화시킨다는 것은 사실 굉장히 어렵기 때문입니다.

간혹 '강하게 통제하는 게 제일 효과가 있다'라고 생각하는 사람도 있을지 모릅니다. 존 볼비(John Bowlby)의 애착 이론에 따르면, 누군가에게 통제받거나 이해받지 못하면 '항의－좌절－분리'의 과정을 밟는다고 합니다. 처음에는 강하게 항의하고, 안 되면 그냥 포기하게 되고, 점차 감정적으로 철수하게 되는 거죠. '내가 잘 통제하고 있어'라는 생각이 든다면 이미 그 사람과는 아주 멀어져 있는 상태일 겁니다.

보통 우리는 누구나 '네가 틀렸어', '네가 정말 잘못했다'와 같은 말을 본능적으로 듣기 싫어합니다. 누구나 인정받고 싶고, '네가 맞아' 이런 말을 듣고 싶어 하죠. 그런데 누군가가 내 말을 잘 귀담아 들어주고, 이해해주고, 공감해준 경험이 우리에겐 별로 없습니다. 그러다 보니 쉽게 상대를 공격하고 상처 주는 데 익숙하죠. 그래야 방어막이 생기고, 나를 보호할 수 있으니까요.

그런데 싫고 힘들고 공격하고 싶다며 멀리하면 더 괴롭습니다. 괴로워서 아무렇게나 던진 말이 부메랑처럼 다시 돌아오는 경험을 다들 해보았을 거예요. 대인 관계에서 비롯되는 스트레스를 그냥 받아들이고 지켜보는 연습이 필요합니다.

- **하지만 잠자코 있다가 상대방이
  더 의기양양해져서 강도가 세지면 어쩌지요?**

○ 많이 받는 질문 중 하나입니다. 그렇지만 엄밀히 말하면 사실 그렇지 않습니다. 관계라는 게 일방이 아닌 양방 통행이잖아요. 내가 공격하면 상대도 방어 태세를 갖춥니다. 말하지 않더라도 표정으로 드러나죠. 그런데 내가 일단 상대의 어떤 싫은 부분을 인정하고, 그것 때문에 내가 괴롭다는 사실도 인정하면 상황이 좀 객관적으로 보입니다.

그런데 우리는 보통 그렇게 하지 않고 상대를 직접 비난하거나 혹은 몰래 뒤에서 무리를 만들어 뒷담화를 합니다. 남을 잘 비난하는 사람일수록 스스로에 대해 다른 사람들이 자신을 험담할까 봐 더 걱정하는 경향도 있습니다.

이를 해결하기 위해서는 스스로 자신에게서 좀 떨어져서 자신을 살펴봐야 합니다. 어떤 영화를 보면, 내 영혼이 나와 분리되어 하늘에 붕 떠서 나를 내려다보는 장면이 있는데요, 눈을 감고 그렇게 내가 나를 바라보는 상상을 해보는 겁니다. 그러면 올라오는 화가 진정되면서, 감정이 차분해짐을 느낄 수 있습니다. 그리고 상대방에게 좀 더 부드럽게 접근할 수 있고,

상대방도 나의 태도로 인해 변할 수 있게 됩니다.

• **그러면 나와 상대방을 있는 그대로 받아들이는 게**
  오히려 새로운 변화를 유도한다는 말씀인가요?

○ 누가 자꾸 강요하면 반발심이 생기기 마련입니다. 선생님이나 부모님으로부터 "공부해라"라는 말을 들으면 오히려 동기부여가 반감되면서 공부하기가 싫어지고, 부모님이 반대하는 결혼일수록 당사자들은 더 절실하게 사랑을 느끼는 게 사람의 심리거든요. 스스로의 감정을 그대로 이해하고, 상대도 있는 그대로 받아들이는 연습이 필요합니다. 그런 이후에야 내가 바뀌든 상대가 바뀌는 것이 가능합니다.

'내가 다니는 학교가, 직장이, 조직이 너무 싫어!'라고 하시는 분들과 상담할 때는 스스로의 마음을 잘 위로하고 들여다볼 수 있도록 도와드립니다. 그 연습이 되지 않은 상태에서 단순히 '그냥 거기서 벗어나자' 혹은 '싸워보자' 이렇게 접근하면 굉장히 상처받을 수 있습니다. 상황은 바뀔 수 있지만 관계의 어려움은 매번 비슷하게 반복되고요.

한번은 한 내담자가 "자신의 마음을 살피는 게 우리나라 문화에서는 더 어렵지 않을까요?"라고 되물은 적이 있습니다. 물론 그럴 수도 있겠지만 스스로를 들여다보는 일은 모든 일의 시작과도 같습니다. 한 번은 어려울 수 있지만 연습하다 보면 나아질 테니, 용기를 내야 합니다.

상대의 말을 비판 없이 받아들이는 방법 중 "아, 그랬군요. 정말 힘들었겠어요" 이런 표현이 있습니다. 이 말에는 '내가 너의 이야기를 잘 듣고 있다'는 의미가 들어 있는데요, 이 표현이 요즘 말로 오글거린다고 느끼실 수 있습니다. 그래서 상대의 이야기를 듣고도 아무런 반응을 하지 않는 경우가 있죠. 그리고 남녀의 차이도 분명히 존재합니다. 여성에 비해 남성이 특히 더 감정을 이해하고 감정을 표현하는 것에 어색해하거든요.

- **맞아요, 남녀뿐만 아니라 개인 성향에 따라서도
  그럴 수 있는 듯합니다.**

○ 우리나라는 특히 예전부터 남성은 '강해야 한다', '씩씩해야 한다' 이런 말을 많이 듣고 자랐죠. 넘어져서 다쳐도 남자아이

가 울면 "남자는 우는 거 아니야"라는 말을 들어보았을 거예요. 또 '남자는 평생 3번의 눈물만 흘린다'는 둥 '남자이니까 이래야 한다'는 둥의 말이 있기도 하고요. 그런데 실제 남성과 상담을 해보면 성공해서 사회적으로도 지위가 있고, 강하게 보이는 분들도 상담할 때 눈물을 흘리는 분들이 많습니다. 실제로 꽤 많은 양의 눈물을 쏟은 후 마음의 위안을 받았다고 하시는 분들도 있고요.

그리고 내담자 중 성인은 힘든 마음을 술로 잊으려는 분들이 많습니다. 특히 중년 남성이 많은 편이죠. 술을 마시면 이성이 마비되니까 그 순간에는 다 잊는 것처럼 보이지만, 술이 깨면 현실은 그대로거든요. 아침이면 몸이 무겁고 컨디션이 좋지 않다가 오후가 돼서야 서서히 정신이 좀 돌아오고, 또 퇴근 후에 한잔하는 것이 유일한 낙이 됩니다.

뭔가 서로 감정을 나누는 것에 익숙하지 않다 보니, 가끔은 이런 분도 있습니다. "내가 술이라도 잘했으면 술기운을 빌려 이런저런 말도 하고 스트레스를 풀 수 있을 텐데"라고요. 그만큼 술을 이용해서 긴장을 풀지 않고서는 내 속마음, 내 감정을 다루는 것이 굉장히 어색한 겁니다. 그렇다고 집에 있는 아내에게 그런 말을 하기는 더 어색하고요. '과연 내 마음을 이해해 줄까?' 하는 두려움이 있는 겁니다.

- **괜히 가정에서 힘들다고 말하면
  약해 보일까 봐 그렇겠지요?**

○ 실제로 부부 갈등이 심해져서 상담하러 오는 분들을 보면, 대부분 아내가 불만을 강하게 토로하면서 서운함을 쏟아내고, 아내가 말하는 동안 대개 남편은 아무 말을 안 합니다.

가만히 있다가 "그건 아니지"라며 자신의 속내를 내놓거나 종종 화를 내기도 하죠. 남녀의 차이도 있겠지만 여성은 배우자의 사랑을 받고 싶고, 그걸 확인하고 싶고, 그래서 감정 표현을 합니다. 그런데 남성은 무슨 말을 했다가 비난받거나 거절당할까 봐 걱정하는 마음이 큰 것 같습니다.

사실 아내는 자신이 말하면 남편이 그냥 들어주는 것만으로도 큰 힘이 된다고 생각하거든요. 그런데 정작 남편은 그걸 잘 모릅니다. 뭔가 답을 주거나 해결해 줘야 한다는 부담을 느끼고, 그게 안 될 것 같으면 듣지 않으려고 하거나 화를 내버립니다. 그래서 더더욱 스스로 힘들다는 말을 못 하게 됩니다.

- **남성이 강한 척하지만 오히려
  더 쉽게 무너질 수 있겠어요.**

○ 자신의 마음을 잘 돌보지 못하면 학교에서는 좋은 성적을
받는 것, 직장에서는 높은 자리로 승진하는 것, 성공하고 돈 많
이 버는 것 등에 몰입해서 삶을 살게 됩니다. 그런데 생각대로
잘 안 될 때 혹은 목표까지 올라왔지만 가족 관계에서 어려움
이 생길 때 '내가 지금 뭐 하는 거지?' 하는 생각을 하게 됩니다.

그래서 중요한 것은 '내가 왜 사는 것인가?', '지금 나에게
뭐가 중요하지?' 등의 질문을 통해 나의 감정 상태를 살펴보는
것이 필요합니다. 지금 기분이 어떠냐고 물어보면, 의외로 많
은 남성이 '우리 아이가 한심하다', '아내가 잔소리가 심하다'
이렇게 말하면서 본인의 기분이 어떤지는 잘 이야기하지 못합
니다.

나와의 관계를 먼저 돌보세요. 내 기분이 어떤지, 내가 어떤
감정을 느끼고 있는지, 나의 기쁨, 슬픔, 노여움, 분노 등의 다
양한 감정을 살펴보는 게 중요합니다.

- 특히 나와 가장 가까운 관계인 배우자와의 갈등 부분이
  제일 중요한 문제인 것 같습니다. 행복하려면 가장 가까운
  사람들과의 관계를 좋게 유지해야 하지 않을까요?

○ 요즘은 가족 내의 안정, 부부관계의 회복이 더 중요한 시대
가 되었는데요, 불과 50~60년 전 과거만 해도 좋은 관계를 유
지할 만한 사람들이 주변에 굉장히 많았습니다. 대문을 열어두
고 동네 사람과 모두 친하게 지내고, 설사 부부관계가 좋지 않
더라도 대가족 내에서 혹은 이웃들과 얼마든지 서로 마음을 나
누는 것이 가능했습니다.

그런데 요즘은 소통이 잘 되는 것처럼 보이지만, 더 외로워
지고 우울해지는 때가 많습니다. 모두 휴대폰 속에서만 소통
하려고 하죠. 사람은 누구나 힘들어지면 위로받고 싶은 마음이
생겨나기 마련인데요, 부부관계에서도 해결되지 않으면 다양
한 문제가 발생합니다.

- **부부간의 이혼율도 예전보다 많이 높아진 이유일 수 있겠군요.**

○ 최근 들어 '황혼 이혼'이라 해서 고령에 이혼을 고려하는 부부가 늘어났다는 기사를 보셨을 겁니다. 50대 후반부터는 우울증을 겪는 사람도 많이 늘어나게 되는데 이 시기에 남편의 은퇴와 자녀들의 독립이 함께 겹쳐지면서 부부관계에 위기가 생기게 됩니다.

실제로 남편에게 어떤 사랑이나 안정감을 얻지 못한 아내들이 자녀에게 의지하고, 자녀와 가정을 지키기 위해 올라오는 화를 꾹꾹 누르면서 살다가 자녀들이 독립하고 나면 "더 이상은 못 참겠다" 이렇게 말씀하시는 분들이 꽤 많습니다. 그동안 자녀들이 충격 흡수를 해주다가 없어지면 부부 갈등이 수면 위로 올라오는 것입니다.

노년기에 들어 또 다른 위기는 은퇴입니다. 정년퇴직을 하거나 하던 일을 그만두게 되었을 때 남편과 아내가 꿈꾸는 생활이 다릅니다. 서로의 일로 함께하는 시간이 적었는데, 갑자기 오랜 기간 같이하게 되면 낯선 사람과 사는 것처럼 느끼며 갈등이 생기는 거죠.

이러한 갈등은 부부관계뿐만 아니라 부모와 자녀 사이에도 나타날 수 있습니다. 아이는 학교에 가고, 남편은 회사에서 일하느라 서로 대화를 나누거나 이해할 시간이 부족한 채 시간이 흘러 자녀가 성장해서는 다른 도시로 대학을 가버리게 된 경우인데요. 이처럼 각자의 삶을 살아가다 어떤 사정으로 같이 다시 살게 된 경우 정말 사소한 일로 갈등이 빚어집니다. 설거지를 쌓아뒀다 하느냐, 바로 하느냐, 빨래를 같이 돌리느냐 가족별로 따로 돌리느냐 등 정말 사소한 문제들로 감정이 상하게 됩니다.

- **서로를 이해하기 위해서는
  어떤 노력을 해야 할까요?**

○ 구체적으로 부부관계의 회복을 위해 필요한 간단한 방법을 몇 가지 소개하겠습니다. 우선 사랑하는 사람과 내가 연결될 수 있다는 소망이나 기대를 해야 합니다. 그다음 자신의 분노나 불안 등의 감정을 조절해야 합니다. 서로에 대해 호기심을 가지고 열린 마음으로 바라봐야 합니다.

오랜 시간 함께한 부부일수록 오히려 서로 이해하는 정도가 더 떨어진다는 통계가 있습니다. 상대의 행동이나 마음을 지레짐작하고, 자세히 알려고 하지 않는 거죠. 한 번 추측한 것으로 수십 년을 그냥 그러려니 하고 사는 것입니다. 그것이 갈등을 유발하게 되는 것이고요.

그리고 자신의 감정을 구체적으로 말해야 합니다. 엉뚱하게 이 말, 저 말을 하게 되면 결국 잔소리나 화내는 것으로 들리게 됩니다. 마지막으로 상대방이 내가 바라던 말이나 행동을 하지 않더라도, 여유를 가지고 기다려야 합니다. 또 내가 바라는 반응을 보인다면 적극적으로 그것을 표현해야 합니다.

4

고3은 처음이라서

고3병

- 매년 고3 학생들은 '수능만 끝나면 정말 좋겠다'
  할 텐데요, 시험에서 해방되어도 의외로 무기력감에
  빠지기도 한다더군요.

○ 요즘은 '수시 제도'가 있긴 하지만, 여전히 수능은 대학 입
학을 판가름하는 아주 중요한 시험입니다. 1년에 여러 번 볼
수 있는 게 아니라서 모든 수험생은 이날만이 어서 끝나기를

바라죠. 그래서 더 긴장하면서 수능을 준비하게 되는데요, 수능이 끝나면 모든 게 마냥 좋게 느껴질 것 같지만 의외로 그렇지 않습니다. 수능이라는 큰 시험을 치르고 난 뒤, 긴장이 풀리고 생활 리듬이 바뀌면서 후유증이 생기기 때문입니다. 수능 결과가 나쁘면 나쁜 대로 좌절감, 절망감을 맛보며 괴로움도 커집니다.

설사 수능 성적 결과가 좋더라도 그동안 과도하게 에너지를 쏟은 탓에 무기력감이 찾아올 수 있습니다. 심리학적으로는 이것을 '성공 후 우울증', '성공 공포증'이라고 부르기도 합니다. 어떤 목표를 향해 쉴 틈 없이 달려가다 달성했을 때 목표를 상실하면서 굉장한 허탈감에 빠지게 되는 것인데요, 수능뿐만 아니라 어려운 시험을 통과했거나 큰 성취를 했을 때 주로 나타납니다.

이러한 증상은 수능 이후에 바로 나타나기도 하고, 정작 수능이나 대학 입학이라는 고비를 넘긴 후 원하는 대학에 입학했지만, 그간의 목표를 이루면서 생긴 상실감으로 대학생활과 학업을 소홀히 하면서 방황하는 학생들도 있습니다.

수능 시험을 마친 수험생은 우선 흔하게 불안, 우울, 절망,

죄책감, 무기력감 등의 부정적 감정을 느끼기 쉽습니다. 긴장한 탓에 평소보다 실력을 발휘하지 못했다고 느끼는 경우가 많기 때문입니다. 심한 경우 식욕 변화가 있거나 두통을 느끼는 등의 신체 증상이 나타날 수 있습니다.

- **수능이 끝났다고 마냥 좋아할 게 아니라,
  계획성 있게 건강을 살펴야겠어요.**

○ 그렇습니다. 우선 생체 리듬을 유지하는 것이 정말 중요합니다. 시험이 끝났다고 늦잠을 잘 수 있다는 기대에 늦잠을 자거나 자주 수면을 취하다 보면 생체 리듬이 깨지기 쉽습니다. 보통 수험생들은 '그동안 고생했으니 아무것도 하지 말고 그냥 푹 쉬어보자'라고 생각하지요. 그런데 시험이 끝났다고 늦잠을 잔다든지, 밤늦게까지 게임을 한다든지 등 낮밤이 바뀌는 생활을 하게 되면 우리 몸의 리듬에 무리가 갈 수 있습니다. 일단 수면, 식사 등의 기본적인 생체 리듬이 깨지면 면역력이 약해지면서 각종 질병에 걸릴 확률도 커집니다.

시험을 보거나, 쉬거나 늘 일정한 패턴으로 규칙적인 생활을 하는 것은 정말 중요합니다. 시험에서 벗어났다는 해방감에 과식이나 과음을 하는 경우도 있는데, 이는 피해야 합니다. 운동을 하거나, 평소에 하지 못했던 취미생활을 하거나, 친구나 가족들과 함께 대화를 나누며 그동안의 긴장감을 천천히 풀어주는 게 좋습니다.

● **기대했던 것보다 결과가 나빠서 부정적인 감정이
들 때가 있는데요, 긍정적으로 생각해야겠죠?**

○ 맞습니다. 모두가 최선을 다해 최고의 역량을 발휘해서 시험을 본다 하더라도 서열을 매기는 게 시험이기 때문에 문제가 쉬우면 쉬운 대로, 어려우면 어려운 대로 많은 사람이 결과를 아쉬워합니다.

　이럴 때는 긍정적인 자세가 정말 중요합니다. 여기서 말하는 긍정이란 시험에서 모르는 문제가 너무 많았는데 '오늘 왠지 잘 찍은 거 같아. 운이 좋아서 점수가 잘 나올 수도 있어!' 이런 것을 말하는 게 아닙니다. '나는 최선을 다했지만, 내 점수가 이거라면, 인정하자!'라고 마음먹는 자세가 필요합니다. 그래야 그다음을 계획할 수 있거든요.

인생이라는 긴 여정에서 수능은 어떻게 보면 작은 파도와도 같습니다. 이 파도를 성공적으로 잘 넘었다고 해서 다음 파도를 잘 넘으리라는 보장도 없고, 지금의 실패가 미래의 실패를 의미하는 것도 아닙니다.

오랜 기간 노력한 결실을 있는 그대로 받아들일 때, 비로소 고생한 나를 격려하고 칭찬할 수 있습니다. 가끔은 더 큰 파도가 내 앞에 왔을 때 유연하게 넘길 수도 있고요.

- **수험생 못지않게 학부모들도 굉장히 고생하셨을 텐데요, 시험 이후에는 가족과의 관계도 중요하겠죠?**

○ 시험 준비를 하며 스트레스를 받는 것은 학생뿐만이 아닙니다. 수험생을 둔 가족도 상당한 긴장과 스트레스를 같이 겪게 됩니다. 시험을 앞두고 서로 예민해지다 보면, 가족 내 수험생과 부모 간에 갈등이 생기기 쉽습니다.

시험이 끝난 이후에는 결과에 연연하기보다는, 서로 대화를 나누며 서로의 마음을 이해하는 시간을 가지는 것이 좋습니다. 부모님 역시 긍정하는, 즉 받아들이는 마음의 자세로 자녀를 대해야 합니다. 설사 시험 결과가 썩 만족스럽지 않더라도 그 실망감을 자녀에게 표현하는 대신 결과를 일단 받아들이고 수험생을 격려해주는 것이 꼭 필요합니다.

5

명절에 그냥 출근하면
안 될까요?

세대 간 갈등

- **마음속으로는 '스트레스 받지 않아야지!' 하지만,
  늘 사소한 데서 갈등이 생기더군요.**

○ 보통 명절 때는 대가족이 모이는데요(요즘은 그렇지 않은 집도 많지만 많은 사람이 모였을 경우를 가정하고 이야기를 풀고자 합니다). 원래 가족인 부모와 자녀 외에 자녀의 배우자와 손자, 손녀까지 모이고, 때로 친인척이 다들 한자리에서 만납니다.

이때는 되도록 서로 민감한 주제들은 피하는 것이 좋습니다. 대부분 마음의 상처는 별것 아닌 것에서 시작되는 경우가 많은데요, 명절날도 예외는 아닙니다. 가령 우리나라 사람들이 나누는 대화는 서로 호구 조사로 시작되는 경우가 많죠.

내담자들의 이야기를 듣다 보면 이런 주제들로 상처받는 사람이 꽤 많습니다. 살고 있는 집의 평수, 아이 성적, 취업, 결혼, 군대 문제 등이죠. 흔히 20, 30대의 조카에게 웃어른이 하는 질문 내용도 상당수 그렇습니다. "취직은 어디로 했니?", "만나는 사람은 있어? 이제 너도 결혼해야지" 등의 말을 굉장히 쉽게 하는데요, 듣는 사람은 좋은 뜻으로 물어보는 것이라도 스트레스를 받습니다. 서로의 연봉을 비교하거나 은근한 자랑을 일삼는 것도 마음을 불편하게 합니다.

많은 사람이 모였을 때는 음식이나 날씨, 가벼운 서로의 안부 등 편안한 주제들로 이야기를 끌어가는 것이 좋습니다. 무엇보다 상대방의 입장에서 한 번 더 생각하고, 타인의 이야기를 먼저 잘 귀담아듣는다면 불필요한 갈등을 미리 막을 수 있습니다.

- **나쁘길 바라고 묻는 말들이 아니라서
  사실 더 마음이 안 좋기도 합니다. 어떻게 하면
  거슬리는 소리를 듣고 기분이 나쁘지 않을까요?**

○ 우리의 기억이 그렇습니다. 가만히 보면 행복했던 기억은 아주 생생하게 떠오르지 않는데, 불쾌하거나 굉장히 억울한 일들, 상처받은 일들은 아주 또렷이 기억되거든요. 그것은 행복한 기억보다는 위협을 받거나 불쾌한 기억을 잘 저장해두는 것이 생존에 유리하기 때문입니다. 호랑이를 보고 놀랐던 기억을 잘해야 다음에 만났을 때 빨리 피해서 살아남을 수 있겠죠. 그런 원리입니다.

그런데 원시시대가 아닌 현대에서는 그런 감정 때문에 우리는 고통을 당합니다. 감정이 부글부글 끓어오르면 강하게 기억이 남아 두고두고 떠오르는데요, 그렇게 되면 명절이 끝나도 남은 불쾌한 기억들로 또 다른 가족 갈등이 시작됩니다.

우리가 명심해야 할 것은 나쁜 기분에 사로잡히면 사람은 무의식적으로 주위에서 그 대상, 즉 '범인'을 찾으려고 한다는 것입니다. 컨디션이 나쁜 상태에서는 주위 사람이 적으로 변합니다. 나에게 쓸데없이 조언하는 사람, 자기 자랑을 일삼아 나에게 열등감을 느끼게 하는 친척 등이 모두 적이 되는 거죠. 이럴 때 우리의 마음은 '저 사람 때문에 내 명절을 망쳐버렸어'라고 탓하게 됩니다.

또 반대로 '저 사람이 그런 행동을 안 하면, 모든 일이 술술 풀릴 텐데'라고 생각하기도 합니다. 그런데 이것은 불가능한 일이죠. 오랫동안 몸에 밴 행동을 변화시키기란 힘듭니다. 스스로가 변화의 노력을 해야지 주위에서 바꾸라고 한다고 바뀌는 것이 아니기 때문입니다.

내가 남을 바꾸겠다고 생각하는 순간 불행이 시작됩니다. 남을 고치려고 하기보다는 지금 내가 해결할 수 있는 것에 집중하는 것이 훨씬 낫습니다.

● **결국 스스로 말조심하고, 안 좋은 말을 듣더라도 '그 사람을 미워하지 말자' 이런 뜻이군요?**

○ 그렇습니다. 우리의 평소 생활에는 일정한 패턴이 있습니다. 학교에 가거나, 직장에 가거나, 귀가 후에 가족들이 모이는 일정한 흐름에서는 내가 조심해야 하는 것, 서로 균형 잡힌 일

상을 유지하는 법이 몸에 배어 있거든요.

그렇지만 명절이나 연휴처럼 서로 익숙하지 않은 많은 사람이 모여서 시간을 보내다 보면 당연히 쉽게 갈등이 생길 수 있습니다. 이 부분을 먼저 잘 이해하고 배려한다면 명절을 즐겁게 맞이할 수 있습니다. 덧붙여 과도한 음주나 과식도 피해야겠죠?

- **명절 이후 부부 갈등이 더 심해져서
  이혼율이 증가했다는 뉴스를 보았습니다.**

○ 명절을 앞두고 미리 스트레스를 받아 상담을 받는 분들, 특히 명절이 지난 후 스트레스로 힘들어하는 주부들이 해마다 상담실을 찾고 있습니다. 갖가지 제사 음식이나 손님 접대를 도맡아 하는 주부들의 고충이 크다고 볼 수 있는데요, 이런 갈등은 흔히 시어머니와 며느리 사이에서 많이 일어납니다.

또 의외로 명절 준비를 너무 꼼꼼히 하는 어머니와 같이 살면서 일손을 도와야 하는 성장한 딸 사이에서 나타나기도 합니다. 음식 장만을 얼마나 하느냐, 일을 어떻게 하느냐의 가치관 차이에서 갈등이 생기지요.

- **베이비붐 세대인 분들은**
  어떤 격식, 책임, 이런 걸 굉장히 중시하는 듯합니다.
  그래서 젊은 세대들과 마찰이 생기는 것 같아요.

○ 대개 60대 전후의 분들은 과거의 전통이나 관습을 그대로 수용하고 본인들이 희생하면서 살아온 경우가 많아서 그것을 좀 당연시하는 경향이 있습니다. 그러다 보니 자연스레 자녀와 그 자녀의 배우자들이 본인의 생각을 따라주기를 기대합니다. 본인들이 그렇게 살아오셨으니까 어떻게 보면 당연한 건데요, 거기서 바로 마찰이 생깁니다. 사회의 급격한 변화를 거치면서 전통적 문화나 관습 등에 '왜'라고 질문하는 젊은이들이 많아졌기 때문입니다. 특히나 내가 자란 환경과는 또 다른 배우자 가족과의 관계에서 갈등이 생기는 거죠.

이론적으로는 쉬운데 정작 현실에서는 굉장히 어렵습니다. 가치관, 생각 등이 몸에 배어 있어서 그런 건데요, 가령 매번 명절 때마다 음식을 너무 많이 장만하는 어머니 때문에 스트레스 받는 딸이 있었습니다. 늘 음식은 남아 냉동고에 쌓이고, 명절이 지나면 어머니는 힘들다고 하고, 결혼한 오빠나 언니 내외는 자녀들 먹이는 보람이라도 있지만, 본인은 결혼도 안 했는

데 '내가 왜 이런 설거지며 음식을 같이 해야 하나?' 하고 힘들
어하셨죠.

- **결국 서로의 입장이 있는 건데,**
  이해가 부족하지 않나 싶습니다.

○ 감정이 차올라 있을 때는 서로 대화하기가 쉽지 않습니다.
몸이 지치고 감정이 좋지 않을 때는 쉽게 억울한 마음이 들고,
피해 의식을 가질 수 있거든요. 어떤 미혼 여성은 친척들이 많
이 모인 자리에서 여자는 다소곳해야 한다고 훈계를 받고, 집
안일을 강요받아 스트레스가 심해서 상담을 요청하기도 했고,
한 남성은 대가족이 모인 자리에서 부모님이 다른 형제 내외만
편애하여 소외감을 느낀다고 했습니다. 이런 경우 흔히 대상이
되는 친척이나 부모님을 미워하게 되고, 심한 경우 차례를 지
낸 후 남은 술을 과음하고 속마음을 털어놓다 집안에 분란이
생기기도 합니다.

명절 기간에는 최대한 서로의 입장을 배려하며 보내고, 서
로 서운하거나 화난 일이 생기면 감정이 가라앉았을 때 대화를

시도해보는 것이 필요합니다. 음식 장만으로 지나치게 스트레스를 받는다면 좀 간소하게 하는 계획, 한 끼 정도는 외식하기 등으로 의논해볼 수 있지 않을까요.

또 세대 간의 생각이나 문화 차이에 대해서는 각자의 입장을 인정하는 것이 필요합니다. 이때 상대의 의견을 잘 듣는 것이 중요합니다. 내 입장에서만 말하다 보면 진심이 전달되지 않거든요. 가족 치료를 하다 보면 결국 상대를 이해하거나 사과를 하겠다고 시작한 말이 자기변명이 되는 경우가 굉장히 흔합니다. 그만큼 남의 입장에서 듣고 말하는 것은 힘든 거죠.

● **명절 때는 서로 조심하면서 지내고, 시간이 좀
   지나고 나서 대화를 해야 한다는 말씀이시네요?**

○ 우리가 첫술에 배부를 수 없고, 갑자기 먹으면 체하듯이 뭐든지 차근차근 접근하는 것이 중요합니다. 묵은 갈등이 있으면 '다 모인 자리에서 해결해야지' 하고 명절날을 생각하지만, 오히려 그날은 해결하기 힘듭니다. 명절이 지난 후 천천히, 하나씩 이야기를 풀어나가야 합니다.

이 과정에서도 분명 남녀 간의 차이가 있습니다. 여성은 자

신이 이해받길 바라고, 또 다른 사람의 감정을 이해하는 능력
도 뛰어난 것으로 알려져 있습니다. 남성은 그런 면에서는 여
성에 비해 좀 둔감한데, 과거 전쟁이나 채집 활동을 할 때 상대
의 감정을 읽는 능력은 불필요해서 발달하지 않았다는 이론도
있거든요.

아내는 '나 좀 이해해줘' 하며 힘들다는 것을 표현하는데,
남편은 자신에게 해결책을 내놓으라고 강요하는 것으로 느끼
는 것입니다. 그런데 명절 연휴 때 일어나는 일은 당장 해결하
기 어려운 것들이 대부분이죠. 제사를 한순간에 없앨 수도 없
고, 더군다나 오랜 시간 함께하고, 내 뿌리와도 마찬가지인 가
족에 대한 불만을 언급하면, 나를 비난하고 공격한다고 느끼기
쉽습니다.

- **그러면 정말 답이 없을 수도 있겠네요.**

○ 사실 사람의 성격, 가치관이란 오랜 시간 스스로 노력하고
상담을 받아도 쉽게 변하기가 힘듭니다. 연세가 많은 분의 경
우에는 더 어렵습니다. 내가 힘들다고 내 부모님을 바꿀 수도,

내 배우자의 부모님을 바꿀 수 없는 노릇이니까요. 결국 명절 갈등이 하나하나 떠올라서 힘들 때, 친척 혹은 배우자의 부모님에 대한 서운함으로 괴로울 때는 생각과 감정을 부부에게로 옮겨오는 연습이 필요합니다.

즉 "그 친척은 어떻게 나에게 그럴 수가 있지? 집안 분위기가 다 그런 식이야 당신도 똑같아"와 같은 이런 식의 비난 섞인 표현 대신에, "내가 그때 정말 몸과 마음이 힘들었어. 그래도 당신 때문에 내가 최선을 다한 거야. 나에겐 위로가 필요해"라며 부드럽게 자신의 의견을 표현하는 것이 좋습니다.

이때, 듣는 사람은 상대방의 말에 '정말 고맙고, 미안하다'는 속마음을 표현할 수 있어야 합니다. 부부 상담을 하다 보면 이런 표현을 굉장히 어색해합니다. 속마음은 배우자가 안쓰럽고 미안한 마음이 있으면서도 표현하지 못한 채 서로 겉돌다 보면, 당신 집안이 문제라는 등 비난과 상처 주는 대화로 흘러가기 쉽습니다.

대화는 운전하는 것과 비슷합니다. 즉 노력과 연습이 필요하죠. 책으로 액셀을 밟고 핸들을 어떻게 돌리는지 배우더라도 직접 차를 운전해보고, 반복해서 연습해보지 않으면 운전을 할 수 없잖아요?

　마찬가지로 '그래 서로 이해해야지', '상처 주지 말아야지' 이런 누구나 아는 이론은 아무 소용이 없습니다. 내가 내 입으로 배우자에게 진심 어린 말을 건네는 것이 반복해서 훈련되지 않으면 감정이 올라온 상태에서는 서로 비난하는 악순환에 빠지게 됩니다.

● **명절 때 부부싸움을 하는 사람들을 보면
비슷한 주제로 다들 싸우는 것 같아요.**

○ 보통 부부싸움을 하다 보면 자녀들에게 불똥이 튀곤 합니다. "너는 누구 닮아서 그러니?" 이런 식으로요. 그렇게 되면 자녀들은 자녀들대로 또 스트레스를 받게 되고, 명절이 기분 좋은 가족 행사로 자리 잡지 못하게 됩니다. 결국, 시작과 끝은 부부관계라고 해도 과언이 아닙니다. 부부가 서로 이해하고, 비난하지 않는 대화를 잘할 수 있다면 어떤 갈등도 해결될 수 있습니다.

　장거리 운전을 하거나 많은 친지를 만나 바쁜 명절을 보냈다면, 그 이후에는 부부간에 서로의 생각, 서운한 감정 등을 표

현하며 맛있는 식사를 함께하거나 휴식을 가지는 것이 도움이
됩니다.

- **부부뿐만 아니라 세대 차이가 갈등을 유발하면서
  명절 전후로 쌓인 불만이 터지기도 합니다.**

○ 우리나라는 예로부터 상부상조하는 문화를 가지고 있는데
요, 최근 급속히 사회가 발전하고 핵가족화가 되면서 오히려
연대 의식, 공동체 의식이 부족해졌다는 통계가 있습니다.

사실, 명절이나 제사로 비롯된 문제는 빙산의 일각인데요,
더 중요한 것은 서로 간의 이해와 사랑의 부족에 있습니다. 평
소 이해받는다는 느낌, 존중받는다는 느낌, 신뢰한다는 느낌
등이 없으면 어떤 갈등도 풀어가기가 힘듭니다. 그렇게 그동안
쌓여 있던 감정들이 명절이라는 도화선을 만나서 갑자기 폭발
하는 겁니다.

또한 서로 힘든 상태에서 대화를 나누다 보면 감정을 지나
치게 드러내게 되고, 이로 인해 갈등이 더 깊어집니다. "그 정
도는 당신이 좀 참아도 되잖아!"라고 말을 했다가, "말을 그렇

게밖에 못해?"라고 되받아치는 대화는 정말 흔하게 볼 수 있는 갈등 유형입니다.

결론은, 서로 진솔하게 의견을 나누고 자주 소통하는 것이 무엇보다 중요하다는 점입니다. 평소에 왕래가 잦지 않았다면, 명절 기간만큼은 각자의 입장을 배려하고 상대의 입장에서 생각해보는 연습이 필요합니다.

6

중독의 늪에서
벗어나지 못하는 이유

중독

성인 도박 중독

• 뉴스에서 도박 관련 소식을 많이 접하게 되는데요, 이러한
도박 문제가 문화적 특징들과 어떤 연관이 있을까요?

○ 명절 때 친지들이 모이거나 회사 워크숍 등에서 고스톱을
치거나 카드 게임을 하는 건 익숙한 풍경입니다. 문화적으로

그런 놀이를 즐기는 것을 모두 도박이라고 볼 수는 없고, 적당히 하면 삶의 활력소가 될 수 있습니다.

그렇지만 우리나라 경제가 너무 어렵고 당장 하루를 살아가는 것이 지치고 버겁다 보니 불안과 근심을 해소할 만한 것을 찾다 도박에 빠지게 되는 현상이 문제라고 할 수 있습니다. 바꿔 말하자면, 작은 땅에 많은 사람이 모여 살면서 서로 비교하고, 삶에 만족하지 못하는 상태가 지속되면 한 번에 큰돈을 벌고 싶은 심리가 모두에게 스며들어 있다고 볼 수 있습니다.

• 도박이란 게 술이나 마약도 아닌데 어떻게 중독이 되는 건가요?

◦ 술을 마시거나 마약을 해서 생기는 중독과 마찬가지로 도박이라는 어떤 행동 자체도 중독이 될 수 있습니다. 우연히 호기심으로 시작했다가 작은 판돈으로 거액을 따는 승리 경험을 하게 되면 굉장한 긴장감과 쾌감을 맛보게 되는데요, 이런 기억은 강렬하게 각인되므로 그 상태에 굉장히 집착하게 됩니다.
매일매일 힘들게 견디며 일했을 때 월급이라는 보상은 한 달 뒤에나 나오는데요, 도박은 즉시 보상을 받을 수 있거든요. 이런 강한 자극만 쫓게 되면, 결국 뇌의 행복과 쾌락을 느끼는 회로가 망가지게 됩니다.

오늘 재미 삼아 게임으로 얼마를 쓰겠다, 그 돈을 다 쓰면 돈을 얻든 잃든 그만하겠다, 이렇게 규칙을 정하고 시작하면 문제될 게 없지만, 많은 사람이 마음처럼 행동하지 못합니다. 그만큼 중독성이 강하다는 것이고요, 특히나 상업적으로 운영되는 카지노 등의 영업장은 심리적으로 도박에 몰두하게끔 설계된 장소이기 때문에 그곳을 벗어나기란 쉽지 않습니다. 몇 시인지 알 수 없게 창문도 없고, 시계도 걸려 있지 않은 게 도박장의 특징이거든요.

- **도박을 호기심으로 시작했을 때
  모든 사람이 중독되는 건 아닐 텐데요,
  어떤 사람에게 좀 더 위험할까요?**

○ 도박에 잘 빠지는 성향의 사람이 있습니다. 바로 경쟁을 좋아하고 승부욕이 강한 사람입니다. 도박에서는 평균적으로 돈을 따는 사람이 적습니다. 만약 돈을 잃는 사람보다 딴 사람의

수가 평균적으로 많다면 카지노 사업은 다 망하게 될 겁니다.

보통 모험심이 강하고 충동적 성향이 있는 사람이 도박 중독에 더 위험하다고 볼 수 있습니다. 또 현실이 고달프고 힘들어서 그것을 잊기 위해 도박을 시작하기도 합니다. 내가 잘하는 종목을 분석할 수 있고, 그러면 이길 수 있다는 믿음이 생기는데요, 대부분 미신입니다. 헛된 생각이죠. 그리고 많이들 "본전만 건지면 그만한다"라고 하지만 쉽게 끊지 못해 점점 빚이 늘어나는 경우가 많습니다. 혼자서 감당하기 힘들어서 가족에게 손을 내밀며 "빚만 갚아주면 끊겠다"라고 다짐했다가 온 가족이 파산하기도 하고요.

'돈이 내 인생의 중요한 가치다, 돈이 최고다' 이렇게 생각하면 중독에서 벗어나기 힘듭니다. 하루하루 내가 하는 일을 견디는 게 정말 싫고, 억지로 해야만 하는 현실에서 벗어나고 싶고, 자신의 연봉을 한 번에 만회할 수 있다는 생각을 지속적으로 하다 보면 중독에서 벗어날 수 없습니다.

- **그럼 어떠한 행운을 기대하지 않고,
  도박은 호기심으로라도 절대 안 하는 게 좋겠군요.**

○ 물론 그런 강한 중독성을 한 번 맛본 경우엔 약한 자극에는 흥미를 못 느끼게 되어 만사가 재미가 없고 무기력해질 수 있습니다. 그럴 땐 자기가 하는 일에 매우 몰입하거나 집중하는 게 도움이 됩니다. 그다음으로는 운동을 시작하는 겁니다. 운동할 때 기분이 좋아지는 호르몬이 분비되므로 꾸준히 한다면 도움을 받을 수 있습니다.

가족끼리 대화를 많이 하고 관계를 회복하는 것도 필요합니다. 술, 마약, 도박 등 모든 중독은 0퍼센트 아니면 100퍼센트입니다. 조절하면서 조금씩 한다는 게 생각보다 잘 안 되거든요. 편안한 일상, 운동, 가족과의 대화에서 행복을 찾는 연습을 꾸준히 하는 것이 필요합니다.

청소년 게임 중독

● **단순히 게임을 좋아한다고 해서 중독은 아닐 텐데요,
중독의 기준이 있나요?**

○ 뭐든지 과도한 것이 문제가 됩니다. 많은 사람이 게임을 좋아하고, 요즘은 게임 대회도 다양하게 열리잖아요. 그렇지만 우리가 프로게이머를 게임 중독자라고 부르진 않습니다.

게임 중독은 디지털 게임이나 비디오 게임을 하고 싶은 욕구를 제어하지 못하는 상태를 말합니다. 이런 사람은 잠자는 것, 먹는 것, 공부를 하거나 일하는 등의 일상생활에 지장을 줄 정도로 게임을 우선시하게 됩니다. 그리고 그 시간이 장기간 지속이 될 때 '중독 상태'라고 말합니다.

● **자녀들이 방 안에서 게임만 하느라 밥을 먹지도 않고,
학업도 소홀히 하면서 부모와 갈등이 생깁니다.
실제 이런 일들이 주변에서 심심치 않게 일어나고요.**

○ 게임 중독으로 인한 문제가 곳곳에서 발생하고 있습니다.

그러므로 학교에서도 이런 학생들을 도와주기 위해 설문 조사를 통해 마음을 점검합니다. 이후 센터에서 어려움이 있는 학생들을 상담하고, 심한 경우 병원 치료를 받을 수 있도록 연결하지만 여전히 문제가 지속되고 있습니다.

이런 현상은 우리나라의 인터넷, 모바일 보급률과도 연관이 있습니다. 전 국민의 스마트폰 사용률이 90퍼센트가 넘는다는 통계도 있으니까요. 최근 한 조사에서는 청소년의 15퍼센트 정도가 인터넷 중독이고, 30퍼센트가 스마트폰 중독이라고 합니다. 스마트폰을 통해 게임, 채팅을 하고 음란물에 빠지기도 하는데요, 성별로 보면 남자는 대부분 게임을, 여자는 채팅을 더 많이 합니다.

- **게임이 재미있어서 빠지는 것은 아닐 듯합니다. 학업에 대한 어려움 때문일 수도 있고요. 게임에 쉽게 중독되는 이유가 있을까요?**

○ 게임이 분명 도피처 같은 역할을 하는 것은 맞습니다. 그래서 술을 오래, 많이 마셔서 중독되는 알코올 중독이나 마약과 같은 중독과는 다릅니다.

청소년이 게임에 중독되는 이유는 힘든 학업 환경과 스트레스, 충격 등이 요인으로 작용합니다. 공부에 집중하기 힘들고 성적이 잘 안 나오니 재미가 없죠. 집에 가도 부모님과 대화가 잘 없는 경우, 친구들 사이에서 소외감을 느끼는 경우 인터넷 공간이나 게임이 유일한 안식처가 될 수 있습니다.

공부는 아주 오랫동안 시간을 투자해도 쉽게 성적이 오르지 않지만, 좋아하는 게임을 계속하면 공부보다 더 쉽고 잘한다는 느낌도 받습니다. 가상 공간에서 자존감도 회복하고, 기분이 좋아지면서 행복감까지 느끼는 거죠.

이러한 중독을 일으키는 데는 뇌의 도파민이라는 물질이 중요한 역할을 합니다. 도파민은 우리에게 행복감을 느끼게 하는 일종의 호르몬으로, 다르게 해석해보면 그만큼 현대인이나 청소년이 행복, 사랑에 허기져 있다고 볼 수도 있습니다.

청소년의 일상생활을 지켜보면, 어릴 적부터 과도하게 경쟁에 시달리고 노력만큼 보상받지 못하는 경우가 많습니다. 일찍 경험한 패배감을 채우기 위해 인터넷, 게임 등의 자극으로 도파민을 공급받으려고 하는 것이지요.

혹자는 이렇게 말할 수도 있습니다. "그렇다면 게임으로 인해 행복해지면 그만 아닌가?"라고요. 결론만 말씀드리면, 그렇지 않습니다. 그런 즉각적인 자극이 자꾸 반복되면 뇌가 서서히 망가지게 되거든요.

● **적절한 게 좋은데, 과도한 자극은
오히려 뇌를 망가뜨린다는 말씀이시죠?**

○ 게임이나 스마트폰이나 다 눈으로 봅니다. 소리로 듣는 것보다 눈으로 보는 것이 훨씬 뇌를 많이 자극합니다. 자극적인 게임이나 TV를 보다 보면 잠이 더 달아나고, 조용한 음악을 듣거나 라디오를 들으며 잠을 청하면 잠이 더 잘 오는 원리와 같습니다.

우리가 꾸준히 공부하는 것, 운동하는 것으로 어떤 보상을 받는 과정은 즉각적으로 되는 일이 아닙니다. 올림픽 수영 경기에 도전하기 위해서 지구 둘레만큼 몇 바퀴씩 수영 연습을 했다는 선수가 있는데요, 시간을 들이는 만큼 계획하고, 인내하고, 스스로 동기 부여하는 것도 발달하게 됩니다.

그런데 즉각적인 만족을 위한 게임에 몰입하다 보면, 오히려 도파민을 많이 써버려서 문제가 생깁니다. 청소년 시기에 게임이나 알코올, 흡연 등 중독에 빠지게 되면 성인보다 훨씬 더 심각한 상태로 빠지게 되는 경우가 많습니다. 그 이유는 청소년은 성인에 비해 뇌 발달이 다 완성되지 않았기 때문입니다. 잘 다듬어지고 자라야 할 부분들이 부족하게 돼서, 충동적이고 무기력한 상태 그대로 성장하게 됩니다.

참고로, 1950년대 제임스 올즈(James Olds)와 피터 밀너(Peter Milner)라는 신경과학자가 한 유명한 실험이 있습니다. 중독에 관여한다고 알려진 뇌의 부위와 동일한 곳인 쥐의 뇌에 전극을 삽입하고, 쥐가 전기 자극 스위치를 누르도록 했습니다. 그랬더니 쥐는 음식이나 물도 먹지 않고, 계속 스위치를 누르다 결국 탈진해서 쓰러졌다는 것입니다.

즉각적인 만족을 위한 게임에 몰입하다 보면 오히려 도파민 분비가 지나치게 많아지고 뇌가 자극을 받아 망가지게 됩니다. 비슷한 자극을 받으려면 더욱 오랜 시간을 해야 한다는 것이죠. 비슷한 쾌락을 얻기 위해서 술이나 마약의 양을 점차 더 늘려가듯 게임, 도박 등의 중독도 마찬가지입니다.

- **게임을 조금이라도 줄일 수 있는 방법이 있나요?**

◦ 사실 게임을 하는 행동 자체에만 집중하게 되면 대부분 아이와 부모님, 아이와 선생님이 대립하게 됩니다. 게임을 하고 싶어 하는 마음이나, 게임만 하게 되는 환경을 살펴보지 않고 무조건 '하면 안 된다'고 접근하면 아이들은 본능적으로 반항하게 됩니다.

게임을 하게 된 원인은 결국 인정받지 못하는 환경, 과도한 스트레스, 친구 사이에서의 소외감 등일 텐데, 무조건 게임을 못 하게 한다든지 강압적으로 지시하게 되면 갈등이 심해질 수 있습니다.

먼저 과다인지 중독인지 구분하는 것이 필요합니다. 중독 수준은 아니라면 습관을 바꿀 수 있게 도와주는 것이 중요한데요. 게임 외에 몰두할 만한 것을 함께 찾아보는 겁니다. '게임은 무조건 안 돼!'라고 선을 긋기보다는 시간을 정해서 조금씩 줄이도록 하고, 부모님이나 선생님들도 아이가 하는 게임에 관심을 갖고 대화를 시도해보는 노력이 필요합니다. 그렇지 않고 무조건 못 하게 하면 금세 무기력해지고, 매우 우울해할 수도 있습니다.

그다음, 가족 간의 관계를 회복해야 합니다. 부모님은 평소 아이와 얼마나 서로 대화를 나누고 있는지, 아이와 함께 시간을 보내고 있는지 돌아봐야 합니다. 이때는 단순히 노력만 한다고 저절로 관계가 회복되는 것은 아니므로, 전문가의 도움을 받아 가족 내 문제를 들여다보는 것도 필요할 수 있습니다.

종종 부부 갈등이 심해 부모가 자주 다투는 경우, 자녀들이 그 상황에서 벗어나기 위해, 혹은 잊기 위해 게임에 빠지기도 합니다. 이 경우는 부모님과 자녀가 같이 상담을 받아보는 것이 도움이 될 수 있습니다.

7

사랑하는 누군가를 잃는다는 것

상실감

● **누군가를 잃는다는 것은 생각만 해도 마음이 아픕니다.
병원에서는 그런 일이 많이 일어나지요?**

○ 제가 오래전 종합병원 응급실에서 인턴으로 근무하던 때
였습니다. 갑작스러운 심장 통증을 호소하다 쓰러진 한 중년의
아버지를 젊은 아들이 다급하게 병원으로 모시고 왔습니다. 진
단은 급성 심근경색이었고 이미 주요 혈관이 많이 막힌 상태로

예상되어 사망률이 높을 것으로 보인다는 내과 의사의 설명에 아들은 갑자기 오열하기 시작했죠.

한번은 급성 뇌수막염이 의심되어 온 아이를 진단하려고 소아과 의사가 뇌척수액을 뽑기 위해 허리에 굵고 긴 바늘을 찔러 넣는 순간, 그 장면을 지켜보던 어머니가 실신하고 말았습니다.

응급실은 그런 곳이었습니다. 예측하지 못한 상태에서 누군가의 상실이 흩뿌려지는 공간이었죠. 가족의 아픔이나 죽음을 감당하지 못한 사람은 대부분 오열하거나 쓰러지거나 넋이 나간 채로 바닥에 주저앉습니다. 이들이 어떻게 마음을 추슬러 나갈지 궁금했습니다. 그리고 십수 년이 지난 지금, 저는 다양한 상실로 마음의 상처가 있는 분들을 만나고 있습니다.

• 어떤 상실감이 가장 고통이 클까요?

◦ 결론부터 말하면, '사람마다 느끼는 고통의 크기는 모두 다르다'입니다. 일반적으로는 자녀를 잃은 부모가 가장 크게 상처받는 것 같습니다. 우리 속담에도 '부모가 죽으면 무덤에 묻

고, 자녀가 죽으면 가슴에 묻는다'라는 말이 있듯이요.

아무래도 자녀가 먼저 세상을 떠났다는 사실이 믿기지 않는 거죠. 그리고 확률적으로 어린아이나 청년이 갑자기 사망하는 경우는 갑작스러운 사고, 자살 등 우리가 예측하지 못하는 경우가 많아서 그런 것 같습니다.

다만 병상에 오래 있거나 오랜 투병으로 인한 죽음은 미리 마음의 준비를 한다는 점에서는 좀 더 마음을 추스르고 이별을 준비하는 과정을 천천히 밟을 수 있어서 훨씬 낫습니다. 물론 미리 준비한다고 해서 그 상실감이나 상처가 없는 것은 아니에요. 우리가 상실감을 충분히 느끼고 받아들이는 시간이 확보된다는 면에서 유리할 뿐입니다.

- **누군가를 잃었을 때 주위 사람의 위로와 조언이
  정말 중요한 것 같아요.**

◦ 맞습니다. 누군가가 떠나서 상처를 받은 사람끼리 서로 의지하고, 위로를 건네는 게 필요합니다. 그런데 정말 안타깝게도 남은 가족은 각자가 마음이 힘들다 보니 서로 갈등이 생기

는 경우도 꽤 많습니다. 자녀가 불의의 사고로 먼저 떠난 경우, 아버지와 어머니는 각자 자신을 자책하기도 하고 때론 자책하는 배우자를 바라보는 것이 마음이 너무 힘들어서 쉽게 위로를 건네지 못하기도 합니다. 그러다 서로 사소한 문제로 다투게 됩니다.

'나는 이렇게 힘든데, 저 사람은 멀쩡하네. 우리 가족을 사랑하지 않았던 거 아냐?' 혹은 '나는 힘든 티를 내지 않으려고 가까스로 애쓰고 있는데, 옆에서 자꾸 눈물을 흘리고 우울해하니 어찌할 바를 모르겠어!'라며 상반된 반응을 보이는 경우도 흔합니다.

주위 사람의 편견이 문제가 되기도 합니다. 가령 자녀가 세상을 먼저 떠난 경우라면 주위에서 위안을 얻기 쉽습니다. 그런데 자녀와 같은 대상이던 반려동물을 잃은 경우는 주위에서 종종 "그깟 개 한 마리로 뭘 그래, 다시 사면 되지"라고 말해 상처를 받는 분도 있습니다.

반려동물의 경우 거의 24시간을 함께하며, 가족보다 더 깊이 유대관계가 형성되기도 합니다. 그렇다 보니 떠나보내고 나서 그 상실감을 잘 이겨내지 못해 오랜 시간 힘들어하는 경우도 꽤 많습니다.

상실감은 '나와 평소에 얼마나 애착을 유지했나'와 비례할 수 있습니다. 부모님 없이 조부모 손에서 자란 사람이라면 조부모의 사망이 엄청난 상실로 자리 잡을 수 있는 거죠.

- **누군가를 잃고 우울해진 마음이 지속되면
  우울증이라고 할 수 있나요?**

○ 그렇진 않습니다. 사랑하던 사람이 떠나갔는데 허전하거나 우울하지 않으면 그것이 더 이상한 거겠죠. 누군가가 사망한 이후 2달 정도는 애도 반응을 보일 수 있고, 이것은 정상 범위에 속합니다. 다만 그동안 허전하고 우울한 마음을 잘 추스를 수 있도록 하는 도움과 노력이 필요합니다.

다만, 우울한 상태가 심해서 "따라서 죽고 싶다"라고 말한다든지 환청, 환시와 같은 증상을 보이면 치료가 필요할 수 있습니다.

- 그렇다면 상실감을 느꼈을 때
  극복할 수 있는 방법은 무엇이 있을까요?

○ 세계 각국에는 장례 문화가 있습니다. 보통은 고인이나 고인의 가족을 아는 사람들이 모여서 위로를 건네고, 같이 식사하고, 그 장소에 머물며 애도의 시간을 갖습니다. 이는 굉장히 의미 있는 일이라고 생각합니다.

누군가에게 슬픔을 언어로 표현해서 전달하게 되면 그 정도가 좀 약해질 수 있는데요. 상담할 때 저는 "편하게 말씀해주세요. 그러면 생생하게 떠오르는 컬러 사진 같은 슬픔이 점차 흑백 사진처럼 옅어질 거예요. 없어지는 건 절대 아니에요. 다만 옅어져서 마음의 고통이 덜해집니다"라고 말합니다.

안전한 사람에게 내 감정을 있는 그대로 전달할 수 있다면 상실감을 이겨내는 데 굉장히 도움이 됩니다. 주위에 누군가를 잃고 힘들어하는 사람이 있다면 그저 그의 말에 귀 기울여주는 것만으로도 큰 도움이 될 거라는 사실을 기억하세요.

그리고 혼자서 가만히 마음을 정리하는 시간도 필요합니다. 가장 중요한 것은 생체 리듬이 무너지지 않도록 규칙적인 생활을 이어나가야 한다는 점입니다. 식사를 잘 챙겨 먹는 것, 충분한 잠을 자는 것이 무엇보다 중요합니다. 이는 잠을 자면서 생생한 감정이 무뎌지는 과정이 일어나기 때문인데요. 만약 슬픔으로 인해 잠을 거의 못 자거나, 매일 낮밤이 바뀐 생활을 하게 된다면 전문가에게 도움을 요청하는 것도 필요합니다.

그리고 슬픈 마음이 떠오르거나 허전한 마음으로 괴로울 때는 떠나간 대상에 대해 글을 적어보거나 그림을 그려보는 것도 도움이 될 수 있습니다. 어린아이의 경우는 글이나 말로 표현하는 것이 어려울 수 있으므로 그림을 그려서 마음을 표현하게 하는 것은 아주 좋은 방법입니다.

우리는 너무 괴로울 때 다시 과거로 돌아갔으면, 기억이 사라졌으면 하는 여러 바람을 가지기도 합니다. 영화 〈이터널 선샤인〉의 주인공 역시 기억을 지웠지만, 사랑하는 사람과 다시 또 사랑에 빠지게 됩니다. 결국 누군가와 좋은 관계를 유지하고, 또 누군가를 잃게 되는 경험들이 곧 나 자신을 이루는 것 아닐까요?

함께 있지만
늘 외로운 사람들

"선생님, 제가 원래 이런 사람이 아니었거든요. 그런데 왜 이렇게 쉽게 상처받을까요? 이제는 사람을 만나기 전에 벌써 마음이 두근두근해요."

"사람들 사이에 앉아 있지만 저만 외톨이가 된 거 같아요!"

"남편과 함께 있어도 너무 외로운 기분이에요."

"저만 왕따가 된 거 같아 화가 나고 힘들어요!"

"출근할 때면 사람들을 만난다는 생각에 너무 긴장돼서 배가 늘 아파요. 그러다 지각해서 또 지적받고요."

끊어질 듯, 줄을 겨우 붙잡은 채 기운이 없는 모습으로 상 담실을 찾는 사람들이 각자 마음의 짐을 하나둘 풀어놓습니다. 그들의 마음속에는 저마다의 불안함과 우울, 분노 등이 똬리를 틀고 있는데요, 들여다보면 하나같이 외로움이라는 꼬리를 달고 있습니다. 우리가 마음이 괴로울 때, 마치 톱니바퀴처럼 맞물리는 감정이 바로 외로움입니다.

동물원에 가보면 뱀이나 악어 등의 파충류는 혼자서 따로 떨어져 숨어서 지내는 모습을 볼 수 있습니다. 그런데 인간이 속한 포유류는 그렇지 않죠. 다 같이 웅크리고 체온을 나누며 쉽니다. 사람도 마찬가지입니다. 함께해야 행복을 더 잘 느낄 수 있습니다.

다른 사람에게 인정받고 사랑받는 것은 우리 삶에서 결코 떼려야 뗄 수 없는 중요한 원동력입니다. 그래서 혼자 멀리 이민을 갔다든지, 고향을 떠나 다른 지역에서 공부하거나 취직을 했다든지, 결혼한 후 낯선 곳에서 터를 잡은 사람들은 쉽게 외로움을 느끼고, 마음 둘 곳을 찾지 못해 우울감이나 불면증, 불안에 시달립니다.

그런데 이러한 특수 상황이 아니더라도, 요즘은 외로움을 느끼는 사람이 많아졌습니다. 몸은 함께하지만 마음의 연결이

끊어져 있는 경우인데요, 그래서 최근 학교에서 왕따 문제가 부각되기도 하고 높은 이혼율이 사회 문제로 떠오르기도 합니다.

우리나라 사람은 대부분 도시에 모여서 삽니다. 서울, 부산 등의 대도시는 전 세계적으로 인구 밀도가 굉장히 높은 편에 속하죠. 그런데 주위에 사람이 많은데도 외로움을 느끼는 겁니다. 굉장히 역설적인 상황이죠.

그 이유는 가까운 물리적 거리와는 달리, 서로 마음을 나누고, 우리 몸과 마음을 스스로 들여다보는 연습이 부족해서인지도 모릅니다. UCLA 의대 교수인 대니얼 시겔(Daniel Siegel)은 우리가 인생에서 쉽게 어려움을 느끼는 이유를 물이 담긴 용기에 비유해 설명했습니다. 우리가 가진 물그릇이 너무 작다면 소금을 티스푼으로 한 스푼만 넣어도 너무 짜서 마시지 못할 거라고요. 그런데 우리의 그릇이 정말 큰 저수조 같다고 상상하면 소금 한 스푼이야 감칠맛 정도로 느껴진다는 겁니다.

물을 담는 그릇을 우리의 마음에 비유해보면, 소금은 인생의 어려움으로 생각할 수 있습니다. 우리 마음의 그릇이 크다면, 인생의 어려움이라는 소금이 얼마든지 양념으로 역할을 할 수 있죠. 그런데 우리 마음이 너무 작아져 있다면, 평소라면 얼마든지 가볍게 넘길 말들이 상처로 다가오게 됩니다.

다들 그런 경험이 있을 겁니다. 평소에 아무렇지 않게 여겼던 친구의 농담이 그날따라 마음 깊이 파고들고, 동료의 부주의함이 때때로 직장을 그만두고 싶을 정도의 고통이 된다는 것을 말이죠. 그 상처가 사람들과의 관계를 멀어지게 만들고, 우리를 외로움에 빠지게 만드는지도 모릅니다.

사람은 외로우면 어떻게 행동할까요? 머릿속으로 떠올려 보세요. 외로울 때 우리는 어떻게든 연결을 시도합니다. 그렇지만 사람 사이에서 외로움을 몇 번 느끼다 보면, 얼굴을 보고 만나는 게 두렵고 엄두가 나지 않습니다. 불안하고 우울하니 표정 관리도 되지 않고, '저 사람이 나를 어떻게 볼까?', '나를 무시하지 않을까?', '또 나만 소외감을 느끼면 어떡하지?' 하는 생각에 압도됩니다.

그럴 때 우리를 유혹하는 것은 인터넷상의 가상 공간입니다. 익명의 채팅방에서는 마음이 내킬 때 말하고, 내키지 않으면 언제든지 빠져나올 수 있습니다. 눈앞의 상대에게 "당신 때문에 나 상처받았어요! 속상해요!"라고 말하는 것은 어려운 일이지만, 인터넷상의 공간에서 상대를 삭제하는 것은 정말 손쉽습니다. 그렇게 우리는 공간을 바꿔가며 외로운 마음을 달래보지만, 이것이 궁극적인 해결책이 되지는 않습니다.

지금의 마음과는 정반대로 가족이나 친구들과 다정하게 찍은 사진, 맛있는 음식 사진 등을 SNS에 올리는 심리도 비슷합니다. 타인과 자신의 상황이 비슷하게 보이려고 하고, 그렇게 함으로써 외로움을 달래려고 시도해보는 것이지요.

극도의 외로움에 마음이 공허해지면, 그 감정에 압도돼서 스스로 몸에 상처를 내는 방법으로 해소하는 사람들도 늘고 있습니다. 술이나 담배, 마약 등의 좋지 않은 방법으로 외로움을 달래는 것도 또 하나의 잘못된 습관이죠. 도저히 다른 방법을 찾지 못해서, 너무나 괴로워서 하는 시도들인데 그 모습에 주위 사람들은 놀라서 더 멀어지게 됩니다.

주위 사람과 잘 연결되고, 인정받고, 그 안에서 행복을 느끼려면 우선은 각자 마음의 그릇을 키워야 합니다. 그래야 사람들을 만나면서 상처받지 않고 같이 어울리며 행복을 느낄 수 있습니다. 마음의 그릇이 작아져 있다면 일단은 안전한 사람부터 만나보세요. 내 말을 비난하지 않고 잘 들어줄 사람, 가족이나 친구 등 누구라도 좋습니다. 근처에 그런 사람이 없다면 편하게 상담을 받을 수 있는 전문가를 찾아도 좋습니다.

그리고 자신의 몸과 마음의 소리에 귀를 기울여보세요. 내 몸이 어떻게 말하고 있는지 잘 살펴보는 것이 필요합니다. 요즘 들어 자주 배탈이 나고, 감기를 앓는 상태라면 아마도 내 마음의 그릇이 아주 작아져 있는 상태일 겁니다. 그렇다면 지금이, 내 몸과 마음의 균형이 잘 잡혀 있는지 한 번쯤 체크해야 할 시간이라고 여겨도 좋겠습니다.

3장

불안과 걱정에서
벗어나기

$$\boxed{1}$$

한 번에 하나씩, 선명하게

결정 장애

• 우리는 살며 늘 어떤 것을 선택하거나
  결정해야 합니다. 그런데 '어떻게 해야 하지?' 하고
  결정이 어려운 순간이 많아요.

○ 왜 결정이 힘든 걸까요? 아마도 좋은 결정을 내려야 한다
는 부담감이 있고, 최선의 결정이 무엇인지 잘 몰라서일 수 있
습니다. 더군다나 우리는 그야말로 정보의 홍수 속에서 살고

있습니다. 쏟아지는 정보와 수시로 바뀌는 제도 안에서 살아남으려면 성공이 보장된 길을 따라가는 게 수월해 보입니다. 그렇기 때문에 "나를 따르라!"라고 외치는 사람이 인기를 얻기도 합니다.

- **그러고 보면 '명문대 합격생 최다 배출' 이렇게 홍보하는 학원이 꽤 많더라고요?**

○ 어떤 정보를 어떻게 이용해야 최선의 결정을 할 수 있을지 불안해하는 사람들은 '이렇게 했더니 합격했어요!' 혹은 '제가 키우는 아이들 모두 명문대에 갔어요!'라는 식의 경험담에 솔깃할 수밖에 없습니다. 그런데 그렇게 길을 따라가다 보면 생각대로 잘 되지 않죠. 똑같이 공부해도 합격한 사람과 나는 다를 수밖에 없습니다. 아이의 특성을 전혀 고려하지 않은 채 명문대를 보낸 부모의 학습법을 따라 한다고 내 아이가 모두 영재가 되는 것은 아닙니다. 그러면 우리는 또 자신에게 '도대체 어떤 길로 가야 하지?'라고 질문해야 합니다.

세계의 석학 유발 하라리(Yuval Noah Harari)는 그의 책《호모데우스》에서 처음에는 대기업의 알고리즘을 사람들이 '이용'

만 하다가 어느 순간은 알고리즘이 점차 우리를 대신해서 의사 결정을 하게 될지 모른다고 경고합니다.

가령 내가 누군가와 결혼을 하려고 했을 때, 그 알고리즘이 '너의 지금까지의 삶의 패턴으로 볼 때 그 결혼을 하면 후회할 확률이 90퍼센트야'라고 하는 식인 거죠.

- **나를 대신해서 누가 결정을 해준다니**
  편할 것 같기도 하면서 왠지 섬뜩합니다.

○ 사주나 점을 보러 가는 사람의 심리도 이와 비슷합니다. 도대체 무엇을 선택해야 할지 모를 때, 자신의 판단에 자신이 없을 때 우리는 누군가에게 의견을 구하려고 합니다.

누군가에게 의견을 구할 때 우리는 어떤 심리인지 자신을 스스로 들여다볼 필요가 있습니다. 내 마음이 확신에 차 있다면 다른 사람에게 구체적인 조언을 구할지언정 '과연 이 일을 해야 하나요?'라는 질문을 하지는 않습니다. 누군가 자신의 결정에 대한 부정적인 의견을 내놓더라도 '그래, 한번 해보는 거야! 실패해도 괜찮아. 해본다는 것에 의미가 있어'라고 용기를 낼 수 있습니다.

스스로 결정하지 못하고, 과연 내가 이 선택을 해서 성공할
수 있을지, 행복할지를 고민하는 것은 결국 스스로 자신이 없
어서 그렇습니다.

- **그럼, 결정을 잘하기 위한**
  자신감은 어디서 생기는 걸까요?

○ 내가 선택한 직업으로 성공하고, 내가 구매한 주식이나 부
동산이 값이 오르기를 누구나 바랍니다. 누구든 현명하고 올바
른 의사 결정을 하기 원합니다.

이쯤에서 의사 결정은 도대체 우리의 머리 어디쯤에서 이
루어지는지 알아야 하는데요, 무엇인가를 종합적으로 판단해
서 결정하는 일은 이마 쪽 뇌에서 합니다. 의학 용어로는 전전
두엽이라고 합니다. 이를테면, 오늘 점심은 무엇을 먹을지, 옷
은 뭘 입을지 하는 사소한 결정부터, 직장을 다닐지 말지, 부동
산을 사야 할지 말아야 할지 등의 중대한 결정까지 모두 전전
두엽이 담당합니다.

그럼 어떻게 우리는 잘 '결정'할 수 있을까요? 우선, 그것은

숱한 시행착오, 즉 연습을 통해서입니다. 어떤 결정 이후 성공하고 실패하고 그것에 대해 스스로 고민하는 시간을 통해서 우리 뇌의 신경이 서로 연결되고 단단해지는 겁니다.

누가 대신 결정해주고 다른 사람의 말만 따라가다가는 연습할 기회를 잃게 되어 더더욱 스스로 결정하기가 힘들어집니다. "엄마 말만 잘 들으면 행복할 수 있어"라는 말만 듣고 모범생의 길을 걷다 명문대에 입학한 학생이 대학 입학 이후에 돌연 방황하고 자신의 길을 찾지 못해 우울해하는 것도 비슷한 이유 때문입니다. 스스로 고민하고 결정하는 경험이 없으면 성공이든 실패든 그 과정을 통해 즐거움도 얻지 못합니다.

• **결정을 잘 못 하거나 반드시 어떤 중요한 결정을
  내려야 할 때 고려해야 할 게 또 있을까요?**

◦ 다음으로 고려해야 할 것은 우리의 감정입니다. 우리의 뇌는 이성과 감정이 서로 정보를 주고받기 때문에 따로 떼서 구분하기가 힘들거든요. 마음의 상태, 신체 컨디션이 우리의 의사 결정에 큰 영향을 미칩니다. 작가 말콤 글래드웰(Malcolm Gladwell)도 그의 책《블링크》에서 점심 식사 전에 판사들은 보

석 판결을 덜 한다고 지적하기도 했는데요, 배가 고픈 상태에서는 고민하고 생각할 여유가 없어서 늘 하던 대로 판단하기 쉬워진다는 것입니다.

우리도 그렇습니다. 배고프고 힘든 상태에서 어떤 중요한 결정을 내리다 보면 감정에 치우쳐서 잘못된 결정을 내리기 쉽습니다. 심한 우울증으로 잠을 잘 자지 못한 상태로 상담을 받으러 온 분들에게 제가 먼저 권하는 것은 "중요한 결정은 나중으로 미루세요!"입니다. 우울하고 불안한 상태에서는 자신감도 떨어지고, 지금의 압박을 견디기 힘들어서 벗어나고 싶은 마음이 커지게 됩니다. 이러지도 저러지도 못하는 상황에서 결정에 대한 압박으로 더 우울해지고, 방법을 찾지 못해 극단적인 선택을 하게 되는 안타까운 경우도 종종 있습니다.

한번은 회사의 과중한 업무로 지쳐가던 분이 상담실을 찾아왔습니다. 업무 중 실수가 잦아지다 보니 좋지 않은 피드백을 듣게 되고, 그로 인해 우울과 피로가 쌓이면서 동료들과도 거리감이 생겼다고요. 그러다 갑작스러운 감사에 큰 책임까지 떠안게 되어 어떻게 해결해야 할지, 누구와 상의해야 할지, 내가 얼마만큼의 책임을 지게 될지 갈피를 잡지 못하겠다며 도망치고 싶은 마음에 극단적인 시도까지 하면서 겨우 상담을 받으러 오신 분이었습니다.

• **결국 심한 압박을 받으면 어떤 결정도
정말 쉽지 않은 거군요?**

◦ 그렇습니다. 그래서 우리는 더 나은 의사 결정을 하기 위해 신경 써야 할 것들이 많습니다. 우선은 규칙적인 생활, 충분한 수면, 건강한 식사가 정말로 중요합니다. 그리고 한 번에 한 가지씩 고민하고, 결정해야 합니다. '이번 결정이 실패하더라도 나는 최선을 다했고, 그게 곧 나야!'라는 자신감도 필요합니다.

누구든 처음부터 완벽한 결정을 하긴 힘듭니다. 그리고 내 마음이 평소보다 좀 우울하고 불안하고 예민해져 있다면 일단은 중요한 결정을 미루고 마음의 안정을 위해 노력하는 것이 우선입니다.

'공항'이 아니라 '공황'입니다

공황 장애

• 요즘 많은 사람이 조금만 불안해도
'혹시 내가 공황 장애인가?'라고 의심을 한다고 해요.

◦ 공황 장애는 한 번씩 들어보셔서 익숙하실 겁니다. 그런데 의외로 공황 장애가 무엇인지 정확히 잘 모르고 "저 공황 장애인가요?"라고 물어보는 분들도 많습니다. 공황 장애는 심한 불안증과 다양한 신체 증상이 갑작스럽게 발생하는 불안 장애입

니다. 그래서 보통 '공황 장애'라 생각되면 응급실이나 내과를 흔히 방문하게 됩니다.

얼마 전에도 상담을 위해 오신 분이 심한 불안증으로 가슴이 두근거리고 어지러움을 느껴 내과와 이비인후과에서 각종 검사를 했는데, 이상이 없다는 결과를 들었다고 하시더군요. 그러면서 "심장이 이렇게 두근거리는데, 심장의 문제가 아니라고요?"라며 의문이 든다고 질문하셨는데요, 우리의 몸과 마음이 신경으로 다 연결되어 있어서 가능한 일입니다.

• **저도 그런 적이 있어요. 갑자기 심장이 두근거릴 때요.**
  공황의 한 증상이라고 의심하진 못했었어요.

◦ 예를 들어 길을 가는데 칼을 든 강도를 만났을 때, 도심에서 멧돼지가 나타났을 때, 지진이나 폭우 등으로 집이 마구 흔들릴 때 느끼는 신체 반응을 생각하면 될 것 같습니다.

저는 실제로 운전해서 가다가 도로에 뛰어든 멧돼지를 제차 바로 앞에서 목격했는데요, 정말 깜짝 놀랐습니다. 그 과정을 세밀히 들여다보면 '아, 멧돼지구나!' 먼저 인지하고 놀라는 것이 아니라, 일단 놀라고 그다음 '아, 멧돼지구나!' 하고 알게 됩니다. 만약 제가 차 안이 아니었다면 먼저 도망쳤을 겁니다.

공황 장애의 구체적인 증상으로는, 맥박이 빨라지고 심장이 마구 뛰며 손발이나 몸이 떨리고, 공포를 느끼거나 가슴 부위에 통증을 느끼기도 합니다. 또한 땀이 나고, 누가 목을 조르는 듯하며, 어지럽고 졸도할 것 같은 느낌이 드는데, 이러한 증상들이 10분 이내 갑작스레 발생하게 됩니다.

- **그럼 이런 증상을 계속 겪으면
  공황 장애로 보는 게 맞을까요?**

○ 공황 장애는 반복적이고 예기치 못한 공황 발작이 있어야 합니다. 또한 마약 등과 같은 습관성 물질이나 약물, 심장 질환과 같은 일반적 신체적 상태의 직접적인 증상이 아니어야 합니다. 사회 공포증, 공황 증상이 나타나는 다른 정신과적 문제가 있는지도 함께 살펴봐야 하고요.

많은 분이 공황 장애가 마음이 약하고 겁이 많아서 생기는 것이라고 생각합니다. 그래서 '내가 마음이 허약해졌나?', '나 같은 평범한 사람이 왜 이런 증상이 생기는 거지?', '나는 그냥 열심히 살았을 뿐인데 왜 이렇지?'라고 생각하기도 합니다. 그래서 막상 증상이 있어서 검사를 했을 때 몸에 아무런 이상이 없어 신경성 증상 같다는 말을 흔히 듣기도 합니다. 이외에도 유전적, 심리적 요인이 같이 작용합니다.

- **'열심히 사는 사람이 공황 장애에 더 잘 걸리는 건가?' 이런 생각도 듭니다.**

○ 저는 실제 공황 장애 증상으로 상담하러 오시는 분께 "너무 열심히 살아오셔서 몸이 좀 쉬라고 신호를 보내는 것일 수 있어요"라고 말씀드립니다.

우리의 대뇌는 어떤 위험이 있으면 자율 신경계라고 하는 신경 조직으로 이에 대한 정보를 보냅니다. 이 자율 신경계 안에 있는 교감 신경계에서 에너지를 동원해서 위험할 때 빨리 행동하거나 도망갈 수 있게 하는데요, 공황 장애는 바로 이 교감 신경계가 위협받지 않아도, 지나치게 우리를 힘들게 한다고 보면 됩니다.

쉽게 말하면, 우리 몸은 긴장하고 쉬어주고를 반복해야 하는데, 현대인 대부분은 지나치게 긴장한 채로 생활하는 경우가 많습니다. 몸에 긴장이 배어 있다 보니 균형이 깨지게 되는 거라고 이해하시면 됩니다.

- **공황 장애를 겪는 분들은 많이 불편할 것 같아요.
치료는 어떻게 받을 수 있나요?**

○ 공황 장애는 적절한 시기에 치료를 받는 것이 중요합니다. 치료를 받지 않으면 점점 더 진행될 수 있는 병이기도 하고요. 처음에는 공황 발작이 자주 일어나지 않아서 큰 어려움 없이 지내다가도, 결국 공황 발작이 잦아지면 발작이 일어날 가능성이 높은 장소나 상황을 피하게 됩니다. 그러면 우리가 살아가면서 겪을 수밖에 없는 거의 모든 일상생활과 모든 장소에 대한 공포심이 생깁니다.

공황 장애를 겪는 분들이 회피하는 곳이 주로 영화관, 마트, 백화점, 지하철, 엘리베이터와 같은 많은 사람이 동시다발로 이용하는 장소이다 보니 일상생활에 큰 지장을 받게 되는 것이죠. 제가 상담했던 어떤 분은 상담실로 가기 위해 저와 엘리베이터를 타고 가던 중, 여러 사람이 우르르 타자 많은 인파 속에 갇힌 상태에서 공황 발작이 있을까 봐 불안해서 성급히 내리기도 했습니다.

이런 상황을 맞닥뜨리면 당사자는 아무런 희망을 느끼지 못하게 되고, 우울증에 빠지게 되며, 술을 많이 마시거나 극단적인 선택을 하기도 합니다. 이러한 단계까지 오지 않기 위해서라도 빨리 치료를 시작하는 것이 중요합니다.

- **공황 장애 치료는 빠르면 빠를수록 좋은 거군요.**

○ 공황 장애의 약물 치료는 보통 항우울제 일종이 권장되곤 합니다. 이 약들은 치료 효과가 좋고 안전한 약물이지만, 공황 발작을 치료하는 데 대개 2~3주 이상의 시간이 걸리기 때문에 치료 초기에는 항불안제 약물들을 함께 복용하는 경우가 많습니다.

정신과 약은 모두 중독되는 약이라고 오해하는 경우가 많지만, 사실 그렇지 않습니다. 뇌를 손상시키는 약은 더더욱 아닙니다. 또 단순히 증상만을 가라앉히는 약이 아니라, 재발하지 않도록 하는 역할을 하므로 적어도 12~18개월 정도 꾸준히 복용해야 합니다.

또한 약물 치료는 반드시 정신건강의학과 전문의의 처방과 지시에 따라 시행되어야 합니다. 환자가 마음대로 약을 먹거나 중단할 경우, 치료도 안 되고 오히려 불안이 더 심해지는 일도 있습니다.

- **먼저 불안 증상이 심해지지 않도록
  하는 게 중요하겠군요.**

○ 만약 공황 발작이 운전 중에 처음 나타났다면, 운전 시 이전에 겪었던 공황이 떠오르면서 쉽게 불안해질 수 있습니다. 어떤 내담자는 우연히 마스크 팩을 얼굴에 올리고 있다가 공황 발작을 겪었는데요, 그러면 평소 즐겨하던 활동도 꺼리게 됩니다.

또한 공황 장애 환자들은 사소한 신체 감각의 변화에도 지나치게 민감한 반응을 보여서 더 불안해하는 경우가 많습니다.

예를 들어, 심장 박동이 빨라지거나 가슴이 답답한 증상이 조금이라도 생기면 심장마비로 죽을지도 모른다고 생각하거나, 혹은 다시 나빠져서 힘들게 치료받은 노력이 무너졌다는 부정적 생각에 사로잡히기도 합니다.

최근 연구 결과들에서는 어떤 기억을 떠올리거나 같은 행동을 반복할 때 그 기억이 바뀔 수 있다고 합니다. 공황을 유발했던 상황들을 치료 중에 안전하게 경험하면서 극복할 힘이 생기는 것입니다.

이를 위해서 자신의 증상이나 반응을 객관적으로 관찰해야 합니다. 기분 기록표 등을 작성하고, 호흡 조절이나 근육 이완 등을 훈련하여 공황 발작 시에 일어나는 신체 증상 등을 스스로 조절하는 연습이 필요합니다.

또한 실제 노출 요법을 사용할 경우, 환자 개별로 다른 상황과 증상에 따라 노출 과제를 함께 작성하여 불안이 가장 적은 항목부터 가장 많은 항목순으로 연습해야 합니다. 이때 항목을 최대한 구체적으로 작성해 연습하고, 인지행동 치료를 병행할 수 있습니다.

공황 장애 증상을 극복하기 위한 노출 과제 예시

1. 인파로 붐비는 백화점이나 마트에서 혼자 30분간 장보기
2. 집에서 한 정거장 정도의 거리까지 혼자 다녀오기
3. 믿을 만한 사람을 옆에 태우고, 또는 혼자 복잡한 도로나 터널을 10 킬로미터 정도 운전하기
4. 레스토랑의 한가운데 자리에 앉아 식사하기
5. 상영관의 가운데 자리에 앉아 영화 보기

$$3$$

저도 제 마음을 잘 모르겠어요

조울증

● **조울증이 무엇인지 궁금합니다.**

○ 조울증 역시 요즘 우리 사회에서 비교적 흔하게 볼 수 있는 데요, 무엇보다도 조울증을 겪는 당사자와 가족들의 삶이 매우 힘들어지기 때문에 치료가 필요한 병이기도 합니다.

의학적으로는 양극성 정동 장애라고도 합니다. 양극이란 기분이 들뜨는 조증 상태와 우울해지는 우울증이 교대로 나타난다고 해서 붙여진 이름입니다. 조울증이란 조증과 우울증에서 한 글자씩 따 붙인 것인데 매우 직관적인 병명입니다.

보통 기분이 자주 변하거나 변덕이 심한 사람을 가리켜 조울증이라 생각합니다. 그런데 흔히 우리가 보는 이성적이지 못하고 감정 표현이 풍부해서 본인 감정을 쉽게 드러내는 것과 조울증은 좀 다릅니다.

극단적으로 하루에 조증과 우울증이 반복되거나 조증, 우울증이 동시에 나타나기도 하는데요, 보통 조증이나 우울증을 보이는 한 시기가 대개는 수주에서 수개월 정도 지속됩니다. 그래서 처음에는 우울증으로 진단을 받는 경우도 흔하며, 조울증으로 진단이 제대로 되기까지 시간이 오래 걸리는 경우도 있습니다.

조울증의 경우 특히 창의적인 면이 굉장히 두드러집니다. 실제로 유명한 예술가들이 조울증을 앓은 것으로 알려져 있고, 미술이나 음악 등에서 보통 사람이 잘 표현하지 못하는 독특한 예술 세계를 드러내는 경우도 많습니다. 현재 조울증과 창의성에 대한 뇌 과학 연구가 활발히 진행 중입니다.

로버트 파워(Robert Power) 등이 〈네이처 뉴로사이언스〉에 발표한 결과에 의하면 조울증과 조현병 위험을 높이는 유전 인자가 음악, 미술, 문학 등을 전공하는 창의성이 높은 사람들에게서 많이 나타났다고 합니다.

실제로 제가 근무하는 병원에서 정신 질환을 앓는 환자분들이 만든 작품 전시회를 한 적이 있었습니다. 전시를 준비하면서 기획 의도를 이해하고, 작품 활동을 하는 환자분들을 돕기 위해 의사, 간호사, 사회 복지사, 행정직원들도 함께 작품을 만들어보는 시간을 가졌습니다.

그런데 정신 질환으로 치료를 받지 않는 사람들은 만화나 포스터 등에 나오는 것을 겨우 흉내 내서 만들어내는 반면, 조울증이나 조현병이 있는 분들은 굉장히 창조적이고 독특한 작품을 잘 표현하시더라고요.

- **놀랍군요. 그럼 그냥 감정 기복이 심한 것과 병적인 증상과는 어떻게 구분해야 할까요?**

○ 조증과 우울증 모두가 정상적인 기분 상태의 범위를 벗어난다는 것부터 이해해야 합니다. 기분은 일정 기간 유지되는

감정의 상태를 말하는데요, 사람마다 고유한 감정의 범위 안에서 얼마든지 기복을 보일 수 있습니다. 각자 마음의 창 크기가 다르다고 생각하면 될 것 같습니다.

예를 들어, 어디론가 여행을 떠나게 되면 누구라도 기쁘고 들뜨고 그런 가벼운 기분을 느끼게 됩니다. 최근 코로나19와 같은 감염병이 유행할 때는 불안해지거나 위축되는 감정을 느낄 수 있는데요, 어느 정도 감정의 범위 내에서는 스스로 조절할 수 있고, 자제가 가능합니다.

그런데 스스로 감정을 조절할 수 있는 통제를 벗어나게 되는 조증일 때는, 흔히 두뇌 회전이 너무 빨리 된다고 느끼거나 실제 머릿속으로 떠오르는 생각이 두서없이 너무 많아서 주위 사람들이 그것을 도저히 알아듣거나 따라갈 수 없다고 느끼게 됩니다. 대개 이런 생각이나 에너지가 폭발할 때는 매우 공격적인 모습을 보이기도 합니다.

반대로 우울증일 때는 조금 우울한 정도가 아니라, 우울함이 깊고 무기력해서 누워서만 지낸다든지, 죽고 싶다는 생각에 사로잡히기도 합니다. 결국 대인 관계나 학업, 직장, 가정 생활 등에서 심각한 문제가 생기게 됩니다.

- **그럼 조울증의 증상은 어떻게 알 수 있나요?**

◦ 흔히 주위에서 '딴사람 같다', '성격이 완전히 변했다'라고 표현합니다. 갑자기 모든 일에 의기양양해지고, 매사에 속도가 빨라지고, 평소와 달리 굉장한 열정을 보이기도 합니다. 또한 부와 권력에 대해 집착하거나 '내가 예수다'라고 생각하는 등의 종교적 망상 등이 나타납니다.

이로 인해 종교 활동을 너무 지나치게 한다든지 혹은 평소에 정치에 전혀 가담하지 않았던 사람이 갑자기 국회의원 후보에 출마하는 계획을 세우기도 합니다. 하지만 그 계획이나 진행 과정에서 허점이 많이 발견됩니다.

또한 평소와 달리 자질구레한 장신구로 기괴한 몸치장을 하기도 하고, 일상에서 예의범절도 무시해 이로 인한 다툼도 많아집니다. 조울증이 있는 사람은 잠도 거의 자지 않고, 피로도 느끼지 않아서 구름 위에 붕 뜬 기분이라고 표현합니다. 이 기간에 환자들은 에너지가 충만하다고 느끼기 때문에 오히려 그러한 상태를 좋아하고 원하기까지 합니다. 반대로, 조울증 환자를 둔 가까운 가족이나 지인들은 이런 변화를 걱정하여 치료를 권하게 됩니다.

또한 조울증 환자를 둔 가족은 환자에게 조증이 찾아왔을 때 힘들어하고, 환자 자신은 우울 증상을 훨씬 더 힘들어합니다. 그래서 환자가 우울한 감정을 표현하지 않는 경우 가족들은 그 정도로 환자가 힘들어한다고 생각하지 못해서 놓치는 경우도 많습니다.

단순한 우울증과는 다르게 조울증에서의 우울증은 치료제가 다르므로, 잘못 치료하면 조증 증상으로 바뀔 수 있으니 항상 조심해야 합니다.

- **살면서 누구나 조울증에 걸릴 수 있겠군요.**

○ 평생을 살아가면서 조울증에 걸리게 될 확률은 전 세계적으로 100명 중 1~3명 정도이고, 남녀의 차이는 없다고 보고되어 있습니다. 대부분의 경우, 조울증은 20대 초반에 처음 나타나는 것으로 알려져 있는데요, 1퍼센트 정도의 비율이긴 하지만 간혹 청소년기에도 나타날 수 있습니다. 이처럼 조울증은 인생에서 매우 중요한 시기에 발병하기 때문에 대인 관계를 맺거나 학업을 이어나갈 때 매우 큰 어려움이 생길 수 있습니다.

우리가 고통을 겪는 많은 병에 대해 아직 확실한 원인이 밝혀진 게 거의 없습니다. 조울증도 그렇습니다. 지금까지의 연구들에 의하면, 유전적 소인, 뇌의 변화, 스트레스 등이 병을 발병시키는 데 영향을 미치는 것으로 보입니다. 마치 몸이 약한 사람이 환절기만 되면 감기에 걸리는 것과 비슷한 이치라고 볼 수 있습니다.

• **그렇다면 조울증은 어떤 치료를
받는 것이 좋을까요?**

◦ 가끔 "약물 말고 심리 치료만 받을 순 없을까요?"라고 물어보는 분들이 많습니다. 그런데 조울증에서 가장 중요한 것은 약물 치료입니다. 상담을 하고, 충분히 쉬고, 가족들이 각별히 보살핀다 하더라도 약물 치료 없이는 병의 증상을 빨리 조절하기가 힘들기 때문입니다.

약물 치료는 신경 세포를 안정시키고, 신경 전달 물질의 이상을 바로잡아주는 역할을 하는데요, 이러한 약물들은 조울증을 치료하거나 혹은 병이 재발하는 것을 막는 데 효과가 입증

된 약물입니다. 또 환자의 증상에 따라 처방하는 약물이 다르고요.

미국 정신의학학회의 치료 지침에 의하면, 대부분의 심한 증상을 보인 조울증 환자들에게는 무기한으로 유지 치료를 받아야 한다고 권장하고 있고, 또 다른 지침에서는 첫 발병에는 최소 6~12개월의 유지 치료를 받기를 권장합니다. 그리고 여러 번 재발했거나 혹은 가족 중에 조울증이 있는 경우에는 장기간 유지 치료를 할 것을 권장합니다. 첫 발병이면서 가족력이 없다 하더라도 최소 6개월 이상에서 길게는 5년 이상 유지 치료를 권하는데요, 이는 한 번 재발할 때마다 그 개인과 가족들에게 큰 고통을 안겨주기 때문입니다.

- **혹시 조울증의 경과나 예후를
  예측하는 기준이 있을까요?**

○ 과거 재발한 횟수가 많을수록 향후 재발 가능성이 증가하는 것으로 알려져 있습니다. 그러므로 이전의 치료 횟수는 앞으로의 예후를 추측하는 데 중요한 요소가 됩니다. 스스로 치료를 잘 받고자 하는 것도 긍정적인 영향을 미치고요. 일상생

활에서 스트레스를 유발하는 사건들은 질병을 악화시키는 데 영향을 미칠 수 있습니다. 특히 약물이나 술 등의 남용은 질병 치료에 매우 좋지 않은 영향을 끼칩니다.

- **주변 가족의 역할이 정말 중요할 것 같습니다.**

○ 조울증 환자의 가족들은 환자의 치료를 같이 도와주는 측면에서도 중요한 역할을 하지만, 환자의 병적 증상과 더불어 그로 인한 각종 경제적, 법적 문제 등을 같이 해결해야 하므로 스트레스가 매우 높습니다. 특히 환자가 자꾸 재발하거나, 치료를 거부하거나, 조증 상태에 있는 경우에는 이러한 어려움이 훨씬 더 큽니다. 따라서 가족들은 서로의 입장을 적극적으로 이해하고 도울 수 있어야 합니다.

가족끼리 비난하거나 서로의 잘잘못을 따지는 것은 더 나쁜 결과를 초래합니다. 환자 치료와 병행하여 가족들도 교육, 치료를 받는 것이 일반적인데요, 우선 조울증의 증상과 관련된 경험을 이해하도록 하고, 앞으로 있을 재발 우려에 대해서도 배우게 됩니다. 무엇보다 환자가 문제 행동을 하는 것은 환자

의 잘못이 아니라 병의 증상이라는 것을 이해하고, 함께 치료
에 동참하는 태도가 가장 중요합니다.

4

삶의 가치를 찾아서

자살

- OECD 회원국 중 우리나라의 자살률이 높은 편이라는 통계가 있습니다. 사회적으로 큰 문제인 것 같습니다.

○ 한 조사에 따르면, 자살이 우리나라 사망 원인 중 4위, 특히 한창 공부하고 사회에서 중요한 역할을 시작해야 하는 10대에서 30대에서의 사망 원인 1위라고 합니다. 현 정부에서도 이러한 실태의 심각성을 알고, 자살 예방에 큰 관심을 보이고 있습

니다. 더 이상 개인적인 문제로 치부해서는 해결이 되지 않고, 사회적인 관심이 필요하다고 판단한 것입니다. 이제라도 우리는 자신의 마음과 주변 사람들의 마음을 돌봐야 한다고 생각합니다.

- **특히 청년층의 자살이 증가하는 이유가 무엇일까요?**

○ 자살을 시도하는 청년들을 살펴보면 그들은 주로 가정 내 불화를 겪고 있었습니다. 부모 간의 관계가 너무 좋지 않아 지속적으로 스트레스를 받아 왔다거나, 부모가 이혼하고 그 어느 쪽에서도 심리적인 지원을 받을 수 없는 경우가 많습니다. 즉 한 개인이 성장하면서 많은 상처에 노출되었고, 그 상처를 잘 극복하지 못하자 결국 심리적 어려움이 나타나게 된 것이죠. 이것이 극단적인 자살로 이어지고요.

원하는 학교에 진학하지 못했을 때, 기대한 만큼 성적이 잘 나오지 않았을 때, 친구들 사이에서 따돌림을 당했을 때 등도 자살의 원인이 됩니다. 제가 실제 상담을 하다 보면, 친구들 사이에서 왕따를 당했는데 누군가에게 말하고 도움을 받을 수 있다는 생각조차 못 하는 사람이 많더라고요.

사실 청년층의 자살 문제는 우리 사회 기성 세대의 문제가 그대로 반영되어 나타난 것이라 볼 수 있어요. 핵가족화가 되면서 아이들이 마음을 의지할 곳이 더 줄어들었고, 상처받은 마음이 치유되지 못한 채 성장하게 됩니다. 또 우리 사회가 학교에서의 우수한 성적을 높게 평가하고, 전공보다는 유명 대학에 진학하고 졸업하는 데 더 가치를 부여하고 있습니다.

그러다 보니 심리적 자원이 약한 사람은 자꾸만 위축되고, 어디 마음 둘 곳을 찾지 못하게 됩니다. 그래서 성적이 떨어진다든지, 취업에 계속 실패한다든지 하면 극단적 선택을 하게 되는 경우가 있습니다.

- **청년층뿐만 아니라 고령층의 고독사도 많이 발생합니다. 왜 이런 선택을 할 수밖에 없는 걸까요?**

○ 자살은 현실적인 일들과 관련이 높습니다. 흔히 가족 내 갈등이나 다툼이 많다든지, 마음을 터놓고 의지할 사람들이 별로 없는 것과도 관련이 있고요. 배우자와 사별했거나 이혼한 경우, 경제적 어려움, 건강의 악화, 우울증 또는 사회적 분위기 등이 모두 자살의 원인이 될 수 있습니다.

'스위스 치즈 이론'이 있는데요, 영국의 제임스 리즌(James Reason)이라는 학자가 재해 발생에 대해 만든 이론으로, 자살 현상과 연결해서 설명하기도 합니다. 스위스 치즈는 특수한 박테리아로 인해 저절로 기포가 생겨 구멍이 숭숭 뚫려 있습니다. 〈톰과 제리〉라는 외국 만화에서 보던 구멍 뚫린 삼각형 치즈를 떠올리시면 될 거예요. 이런 구멍들은 자연적으로 뚫리는 거라 웬만해서는 같은 위치에 서로 겹쳐서 뚫리진 않습니다. 그런데 우연히 여러 개가 겹쳐졌는데, 한 구멍으로 긴 막대가 통과되는 일이 발생합니다. 그럴 때 바로 사고가 일어난다고 보는 것입니다.

예를 들어, 어떤 사람이 불화가 끊이지 않았던 가정에서 성장했더라도 좋은 배우자를 만나고 대인 관계를 잘 형성한다면 극복할 수 있습니다. 직장에서 해고가 되었다고 바로 우울해지진 않습니다. 그렇지만 과거의 상처가 있던 사람이 직장을 잃게 되고, 마침 큰 병에 걸리거나 배우자마저 떠나게 된다면, 또 개인적으로 힘든 상황을 겪었는데 사회적으로 어떤 지지도 받지 못할 때 그런 일들이 한꺼번에 일어나게 되면 누구라도 무너질 수 있습니다.

대부분 상처가 곪아서 결국 터지거나 터지기 직전에야 상담을 받으러 오시는 경우가 많아서 굉장히 안타까울 때가 많습니다. 평소에 좀 더 자신의 마음을 들여다보는 방법들, 내 마음이 굉장히 힘들 때 어떻게 해야 하는지, 행복하게 살려면 어디에 내 가치를 두어야 하는지를 진지하게 생각해볼 필요가 있습니다.

5

킹콩과 라떼들의 무한 습격

분노 조절 장애

- **선생님, 갑자기 욱해서 주먹을 휘두르거나 소리를 지르는 사람들을 보면 분노 조절 장애라고 인식해도 될까요?**

○ 야간에 병원 응급실에서는 굉장히 흔하게 있는 일인데요, 대부분은 술에 취해서 주먹을 휘두르게 되고 이 때문에 의료진들이 다치는 위험한 상황이 발생하기도 합니다. 술을 마시면 우리의 이성을 조절하는 뇌의 부분이 굉장히 느슨해지거든요.

통제력이 떨어지는 거죠.

특히 평소에는 아주 얌전하던 분도 술을 마시고 난폭해지는 경우가 많습니다. 이런 경우는 취할 때까지 마시는 습관을 고치는 게 중요합니다. 매번 만취하게 되고, 그로 인해 사고가 생긴다면 혹시 알코올 중독이 아닌지 의심해봐야 합니다.

- **그럼 술을 안 먹고도, 소리를 지르고
  화를 내는 사람은 어떻게 봐야 하나요?
  뉴스에서 갑질 사건으로 언급된 적도 있었어요.**

○ 그런 분들 중에는 분노 조절 장애가 있거나 인격에 문제가 있는 분도 있습니다. 보통 자신보다 아주 지위가 높은 사람에게 소리를 지르거나 화를 내는 분은 없잖아요? 회의 시간에 일반 직원이 사장에게 소리를 지르는 장면은 상상이 되지 않죠.

그렇게 보자면 우리도 모두 예외일 수 없습니다. 직장에서는 내 부하 직원에게, 집에서는 내 아이들에게, 또는 콜센터 직원처럼 나와 이해관계가 없는 사람에게 마구 화를 내게 되는 상황이 생깁니다. 그럼 상대방도 화가 나고, 서로 화가 나 있는 사람끼리 대화를 하다 보면 싸움으로 번지기 쉽습니다. "오늘 내 기분이 안 좋으니, 한 명이라도 걸리면 가만두지 않을 거야"라고 말하는 분들도 있거든요.

사람의 감정은 전염됩니다. 우리 뇌 속에 '거울 뉴런'이라는 게 있기 때문입니다. 거울을 보면 우리 모습이 그대로 비치잖아요. 그것처럼 거울 뉴런이 상대방의 얼굴을 보면 감정을 그대로 읽어 나도 같은 감정을 느끼게 되는 것입니다.

- **사람들에게 화를 잘 내고, 갑질하는 사람은 타인의 기분을 헤아리지 못한 탓이 크겠군요.**

○ 지위가 높을수록 타인의 감정을 전혀 고려하지 않고 이기적으로 행동하는 사람들이 더러 있습니다. 반대로 타인의 감정을 아주 잘 느끼는 예민한 분들은 주위 환경에 영향을 많이 받고 힘들어합니다. 그래서 투덜거리거나 화를 잘 내는 사람과 같이 있으면 굉장히 스트레스를 받습니다. 같이 싸우고 싶어지고, 한 번 크게 싸우고 그만두고 싶은 충동을 느끼기도 합니다.

사실 이런 일들을 무시하려 해도 마음처럼 잘 되지 않아 상담하러 오는 분들도 있습니다. 그렇지만 다른 사람의 나쁜 감정은 일단 피하는 것이 좋습니다. '왜 저러지? 아, 짜증난다', '여기저기 민폐네. 내가 한마디를 할까?' 이런 식으로 생각하면 짜증나는 감정이 점점 올라오면서 견디기 어렵습니다. 그냥 '또 시작이군!', '어쩔 수 없지, 무시하자' 이렇게 가볍게 여기는 습관을 길러야 합니다.

실제로 우리가 방법을 다 알고는 있지만, 정말 안 되는 것이 바로 감정 조절입니다. 그럴 때 내가 감정적으로 대하면 '나만 손해다', '내가 몹쓸 병에 걸린다' 하는 마음을 가져야 합니다. 다른 사람의 나쁜 감정이 나에게 다가올 때는 '일단 도망가고 보자!'라고 떠올려보세요. 나쁜 감정으로부터 스스로 마음을 지킬 수 있습니다.

- **요즘은 직장 내 갑질뿐만 아니라 가정, 직장, 학교 등 괴롭힘의 문제가 많이 일어나고 있습니다.**

○ 사회에 깊숙이 뿌리박혀 있는 문제들은 잘 드러나지 않으면서도 우리를 괴롭힙니다. 남을 괴롭히는 사람을 모두 반사회성 인격 장애로 볼 수는 없거든요.

사회 문제로 떠오른 학교에서의 집단 따돌림, 가정 내 폭력, 직장 내에서의 심리적 압박, 모욕 주기 등에는 공통점이 있습니다. 바로, 강한 자가 약한 자에게 힘을 행사하는 것입니다. 그리고 그 힘에 여러 사람이 가담하다 보면 죄책감이나 책임감을 잘 느끼지 못하게 됩니다.

- **그럼 우리 스스로도 언제든지
  가해자가 될 수 있다는 말인가요?**

◦ 미국 심리학자 스탠리 밀그램(Stanley Milgram)이 사람의 폭력성에 대한 실험을 진행했어요. 선생님 역할로 참여한 사람에게 시험을 보는 학생 역할의 사람이 문제를 틀릴 때마다 전기 충격을 가하게 하는 실험이었어요. 실험 결과는 충격적이었는데요, 사람이 죽을 수도 있을 정도의 전압임에도 전기 충격 버튼을 누르는 사람이 전체의 65퍼센트나 되었습니다.

실험 전 밀그램은 높은 전압을 누르는 사람은 거의 없을 거라고 예측했거든요. 물론 시험을 보는 사람은 전기 충격을 당한 것처럼 연기하고 실제 고문은 이루어지지 않았습니다. 이 실험은 결국 사람은 자기 책임이 아니라고 느끼면 잔인한 행동도 할 수 있다는 것을 보여주고 있습니다.

어떤 집단에 속하면 '이건 내 책임이 아니고, 나는 내 역할에 충실할 뿐이다'라는 합리화가 작용되는 것입니다. 이 연구를 통해 우리는 집단 내에서 벌어지는 비정상적인 행동들에 대해 주위 사람들이 왜 침묵했는지 이해할 수 있습니다.

- **반사회성 인격 장애가 아니더라도 인간은 자신이 처한 상황에 따라 그런 모습으로 변할 수도 있겠군요.**

◦ 좋지 않은 갑질 기사들이 뉴스에 나올 때마다 '정말 이상한 사람이네', '내 주위 얘기는 아니야. 그럴 리 없어' 하고 넘어가게 되는데요. 가정에서나 학교에서나 회사에서나 어떤 이유에서라도 폭력은 허용되지 않는 사회적 분위기가 형성되는 것이 중요합니다.

그리고 실제 몸이 다치는 상황뿐 아니라 물을 끼얹는다든지, 침을 뱉는다든지, 굉장히 모욕적인 말을 하는 심리적 괴롭힘도 충분히 문제가 될 수 있습니다. 이러한 상황이 펼쳐졌을 때 '절대로 침묵해서는 안 된다'라고 생각하고 방관자가 되지 않는 사회적 합의가 이루어져야 할 것 같습니다.

우리는 살면서 "내가 이렇게 사회생활을 힘들게 하는데, 네가 가족이라면 내 기분 정도는 맞춰 줘야 맞지"라며 폭언을 하는 가장, "저 애는 따돌림당할 만해"라며 집단으로 괴롭히는 학생들, "사회생활 한두 번 해봐?" 하며 폭언을 퍼붓는 직장 상사를 어렵지 않게 만날 수 있습니다. 내 안에도 이런 모습들이 있는 게 아닌지 우리 스스로도 돌아볼 필요가 있겠습니다.

- **그러면 직장에서 느끼는 마음의 갈등, 좌절감 등을 어떻게 받아들이는 것이 좋을까요?**

◦ 모든 사람이 처음에는 어떤 꿈이나 목표를 가지고 일을 시작합니다. 그만큼 기대를 많이 가지게 되는데요, 현실은 저마다 생각하는 것과는 차이가 나는 경우가 많습니다. 예를 들어, 매우 애사심이 높은 어떤 직원이 회사에 도움이 될 만한 여러 가지 제안을 했는데요, 그 제안들이 검토되지 않습니다. 본인이 생각하기에 괜찮은 안이라고 생각했는데 받아들여지지 않으니, 상사들이 무능한 것 같고 회사도 비전이 없게 보였습니다. 그러면 좀 더 나은 곳으로 옮겨야 할지 고민하게 되고, 실제로 그런 이유로 이직을 많이 합니다. 그렇지만 신기하게도

어떤 불만, 부조리함에 자꾸만 초점을 맞추다 보면 반복해서 만족하지 못하고 좌절감에 빠지게 되는 모습을 발견하게 됩니다.

- **직장에서 "나 때는 지금보다 더 힘들었어"라는 조언 아닌 조언을 해주시는 분이 꼭 있습니다.**

  ○ 맞습니다. 주위 동료나 상사가 해주는 말 한마디에 힘을 얻기도 하지만 "나 때는 더 힘들었어"라는 말은 사실 듣는 사람 입장에서는 별로 효과가 없죠.

  특히 부모가 자녀에게, 상사가 부하 직원에게 이러한 말로 조언하는 경우가 매우 흔한데요, 대부분 상대방은 '저 사람은 나를 이해하지 못하는구나, 과거에 더 힘들었다는 게 지금 무슨 상관이야? 내가 지금 힘든데'라고 받아들이는 겁니다.

- **당장 내가 힘들고 괴로울 때, 직장을 그만두는 것이 정답이 아니라면 어떻게 극복해야 할까요?**

○ 불만이 많은 분을 만나 보면, 열정이 많고 회사에 애정이 많아서일 때가 있습니다. 내가 쏟은 열정만큼 결과로 이어지지 않으면 좌절감도 크게 다가오는 것인데요, 관점을 바꿔 '내가 회사의 미래다'라고 생각해보는 겁니다. 회사가 진부하고 느긋해서 주위 사람들처럼 매너리즘에 빠지기 싫은 마음에 '그만두고 싶어요'라고 하는 분도 있는데요, 느긋하고 편안하다면 그것에 만족감을 느끼도록 한번 노력해보는 것입니다.

내가 어떻게 생각하느냐에 따라 나의 주관적 만족도가 올라갑니다. 말 그대로 '주관적' 만족도는 주관적일 수밖에 없거든요. 같은 식당에서 식사를 해도 '이 집은 음식이 좀 짜고, 테이블이 덜 닦였어' 이렇게 불만을 찾는 사람과 '식사가 빨리 나오고 직원들이 친절하네?' 이렇게 장점을 인식하는 사람 중 누가 더 행복할까요? 마찬가지로, 교육이나 강의를 듣는 사람 중에서도 늘 불만이 있는 분이 있습니다. '너무 뻔한 얘기 아냐?' 혹은 '어렵고 졸리다' 이렇게 말이죠. 이러한 부정적 시각은 결국 자신을 더 불행하게 만듭니다.

또한 우리는 다른 사람과의 비교를 통해서 자신의 행복을 평가합니다. '저 사람은 저 정도 하는데, 나는 그렇게 안 되어서 속상하다', '아, 나는 저 사람보다 더 잘해. 뿌듯하네' 이런 식으로요. 그런데 행복이 비교 위에 있으면 우리의 행복은 굉장히 위태위태해집니다.

어떤 일이든 내가 잘할 수 있고, 잘하다가도 그 사람보다 못하게 될 수도 있습니다. 평소 간단한 식사만 하다 모처럼 아주 근사한 코스 요리를 대접받는다면, 그날은 굉장히 행복할 겁니다. 그런데 매일 삼시 세끼 그 요리만 먹는다면 어떨까요? 아마 김치찌개와 밥과 같은 평범한 음식이 생각날지 모릅니다.

우리는 집에서 편하게 쉴 때도 앉아서 편하게 쉴 장소가 있어서 행복하다고 느끼지 못합니다. 더 큰 집, 더 전망이 좋은 집을 열망하죠. 또 고시원의 작은 방에 누워 '이곳은 참 아늑하고, 행복하다'라고 느끼는 사람은 별로 없습니다. 왜냐하면 대부분의 사람은 거실과 화장실이 있는 집에서 살아간다는 사실이 떠올라 비교가 되기 때문입니다.

- **비교보다는 자신에게 주어진 것들에 감사를
  표하는 것이 결국 나를 위한 것이겠군요?**

○ 맞습니다. 주어진 상황에서 가치 있는 것을 찾고, 의미를 찾는 연습이 중요합니다. 아무리 좋은 식당, 아무리 좋은 직장, 아무리 좋은 학교라 해도 허점은 있기 마련이고 부족한 부분이 없을 수는 없거든요.

고맙고 감사할 일이 없는 삶은 본인에게 아주 힘들고 고단한 삶일 수밖에 없습니다. 물론 그 조직이 발전하기 위해서는 조직 안에서 개선할 점들을 보완하는 노력이 반드시 필요하겠지만, 개개인이 그것에 지나치게 몰입하게 될 때 굉장히 만족도가 떨어지고 힘든 과정을 겪게 됩니다. 오늘 하루는 여유를 가지고, 일상에서 감사할 일을 한 가지 찾아보면 어떨까요.

심리 방어막 치기

저 사람과 나 사이에 커다란 스크린이 있다고 상상하는 겁니다. 그러면 저쪽 공기와 여기가 분리되듯이 '저 사람의 감정이 나에게는 넘어오지 않는다. 나에게는 튼튼한 방어막이 있어!'라고 상상하는 것이죠. 불타는 내 감정을 잘 조절하려면 이런 구체적인 방법으로 스스로를 방어하는 연습이 필요합니다.

6

단지 마음의 조율이
필요할 뿐입니다

조현병

- **조현병에 대해서 정확하게 알고 싶습니다.**

○ 과거에는 '정신분열병'이라고 불리던 질환인데요, 병명이
좋지 않은 이미지를 연상시키고 오히려 편견을 불러일으킨다
고 해서 2011년에 '조현병'이라는 명칭으로 바뀌었습니다.

　조현(調絃)은 사전적으로 현악기의 줄을 고른다는 뜻입니
다. 연주자는 바이올린을 연주하기 전 미리 현을 고르는데요,

이는 소리가 잘 나도록 하는 과정이죠. 바이올린이 잘 조율되지 않으면 음악이 아름답지 않게 들립니다. 마찬가지로, 조현병은 뇌에서 나오는 일종의 호르몬과 같은 물질들의 균형이 깨짐으로써 발병하게 됩니다.

드라마나 영화에서 다뤄지기도 했지만, 아직까지는 병명을 생소하게 느끼시는 분이 많을 겁니다. 조현병의 원인 역시 정확히 밝혀진 것이 없습니다. 가족 중에 정신 질환이 없는 사람도 우연히 100명에 1명 정도는 걸릴 수 있는 병이거든요.

사실 원인이 무엇인지 찾는 것보다 더 중요한 것은 사회적으로 조현병에 대한 편견이 심해지면 조현병 치료를 시작조차 하지 않으려는 사람들이 많아질 수 있다는 점입니다.

- **조현병은 적극적으로 치료하면
  빨리 좋아질 수 있나요?**

○ 조현병은 사고, 감정, 지각, 행동 등에서 복합적인 증상이 나타납니다. 따라서 우선 약물 치료가 가장 중요하고, 약물 치료와 더불어서 사회 적응을 돕도록 하는 재활 치료 등이 꼭 필

요합니다. 재활 치료가 병행되어야 조현병 환자들도 사회에 잘 적응할 수 있고, 직장 생활도 잘할 수 있습니다.

그런데 약을 복용하다 끊으면, 서서히 증상이 나빠지면서 전조 증상이 나타납니다. 보통 잠을 못 잔다거나, 예민해진다 거나, 자주 흥분하고 충동 조절이 안 되는 등의 모습을 보입니다. 특히 사회적으로 이슈가 되는 범죄 사건들로 인해 조현병에 대한 편견이 더 심해져서 오히려 환자와 가족들이 병에 대해 숨기고 제때 치료받지 못하실까 봐 염려스럽죠.

증상을 빨리 진단받고 치료하면, 사회생활에 문제가 없을 정도까지 회복되는 경우가 많습니다. 그러니 조현병이 의심되면 반드시 전문가와 상의하여 치료해야 합니다.

다만, 매우 증상이 심하고 공격적인 모습을 보이는 환자분들은 입원 치료를 받아야 합니다. 우리나라 조현병 환자들이 처한 가장 큰 어려움은, 환자가 조현병임을 알았지만 환자의 가족이 없거나 가족이 있더라도 떨어져 있거나 왕래가 없는 경우입니다. 적절하게 치료를 받게 할 수가 없는 것이지요. 빨리 치료를 받을 수 있도록 환경을 마련하는 게 시급합니다.

- **뇌에서 나오는 호르몬 같은 것이라면
  혹시 도파민 같은 물질일까요?**

○ 도파민, 세로토닌 정도의 물질은 아마 한 번쯤은 들어보셨을 겁니다. 이러한 물질 외에도 뇌에서 나오는 물질은 아주 많습니다. 그런데 이 물질들이 균형을 이루어야 하는데요, 교통 흐름에 비유하자면 이렇습니다. 신호등에 빨간불, 파란불이 규칙적으로 들어와야 교통 흐름이 원활하잖아요. 그런데 빨간불과 파란불이 동시에 깜빡거리거나 불이 안 들어온다면 차들은 이리도 저리도 가지 못하고 도로 위가 엉망진창이 될 겁니다. 우리의 뇌도 마찬가지입니다. 그런 현상이 발생하면 정신적으로 여러 혼란한 증상이 생기는데, 그중 하나가 조현병입니다.

조현병에 걸리면 공격적인 행동이 동반될 수 있고, 때로는 자해를 하거나 자살을 시도할 수도 있습니다. 대표적인 증상은 실제로는 없는 소리, 즉 환청이 들리는 것입니다. 귀나 마음에서 사람의 말소리가 들리기도 하고, 당사자에게는 꽤 생생하게 들리기 때문에 이로 인해 큰 고통을 받게 됩니다.

또 누군가 자신을 해치려고 한다는 피해망상이 생길 수 있습니다. 당사자로서는 누군가 자신을 위협한다고 생각하므로 방어하기 위해 공격적인 행동을 보이기도 합니다.

- **조현병 환자들의 공격성이 왜 생겼는지
  이제야 이해가 되네요. 조현병의 근본적인
  치료와 대책 또한 궁금합니다.**

○ 약물이나 주사로 공격적인 행동 등은 많이 줄어들 수 있습니다. 치료 시기를 놓치지 않고 빨리 치료를 받는다면요. 치료 시기가 늦어져서 십수 년을 병을 가진 채로 지내거나 꾸준히 치료를 받지 않으면, 약을 먹어도 그 효과가 좀 더디게 나타납니다. 따라서 빨리 치료를 시작하는 것이 무엇보다 중요합니다. 집중적으로 치료하면 좋은 결과를 볼 수 있는데요, 이런 과정을 잘 모르는 분들이 많아서 안타깝습니다.

$$7$$

매일 다름없이 살아가며
이겨내는 일

외상 후 스트레스 장애

- '외상 후 스트레스 장애(PTSD)'란 용어가
  제법 익숙하지만, 정확히 어떤 질병이고 꼭 상담이나
  치료를 받아야 하는지 궁금합니다.

○ 외상 후 스트레스 장애란, 외상을 입으면서 심한 감정적 스
트레스를 경험했을 때 나타나는 장애입니다. 즉 전쟁, 자동차
나 기차, 비행기 등의 교통 수단으로 인한 사고, 폭행, 강간, 테

러 및 폭동, 때로는 과거 큰 피해가 있었던 지진, 태풍 등 생명을 위협하는 재난이 발생했을 당시에 받은 충격에 의해서 발병합니다.

외부에서 받은 스트레스가 정신 건강 문제를 일으킨다는 개념은 오래되었는데요, 역사적으로는 1960년대 베트남 전쟁 당시 병사들에게 발견된 전투 스트레스로부터 외상 후 스트레스 장애라는 개념이 확립되었습니다.

우리나라의 경우, 2003년 대구 지하철 화재 사고 피해자들, 2014년 세월호 참사 이후 생존자들에게서 나타난 현상들이 보고되고 있습니다. 그리고 탈북자들이 탈북 과정에서 겪은 끔찍한 경험들 때문에 외상 후 스트레스 장애를 겪기도 합니다.

원인은 스트레스 그 자체인데요, 스트레스를 받았을 때의 사회적 환경, 그리고 피해자의 성격 경향과 생물학적 취약성 등이 있습니다. 또한 스트레스 자체의 심한 정도보다 개인이 그 스트레스를 어떻게 받아들이는지가 중요한데요, 사람에 따라서 심한 스트레스 후에도 잘 극복하는 사람이 있는가 하면 정서적 어려움이 큰 사람이 있기 때문입니다.

상담과 치료를 받아야 하는지를 판단할 수 있는 가장 쉬운 기준은, 증상으로 인해 심각한 고통을 받고, 사회적, 직업적, 다른 중요한 영역에서 장애가 생길 때라고 이해하면 될 듯합니다. 예를 들어, 지진을 겪은 후 다시 지진이 발생할까 자주 놀라고, 악몽을 꾸며, 직장에서 일하는 데 지장이 생길 정도라든지, 주부라면 공포심으로 외출을 하지 못하고, 집안일도 잘 돌보기 힘들 정도가 된다면 병원에서 상담을 받아볼 필요가 있습니다.

- **외상 후 스트레스 장애를 겪는 분들은
  어떤 증상이 있나요?**

○ 위협적이었던 사고에 대한 반복적 회상과 불안, 악몽에 시달리는 등 당시의 상황을 재경험하는 것이 일반적입니다. 또 외상을 상기시키는 것을 지속적으로 회피하려 하며, 계속 과민한 상태에 놓이게 됩니다. 더불어 자신이나 외부 사람들을 부정적으로 인식하게 되는데요, 예를 들어 '세상은 정말 위험하다', '나는 나쁜 사람이다'라고 생각하는 것입니다. 외부 활동에 흥미가 떨어지고 대인 관계가 어려워지는 것이죠.

실제로 40대 후반의 여성 A씨는 이혼하고 자녀들을 키우며 힘들게 살아가던 중 지인에게 배신을 당하고 스트레스가 많은 상태였습니다. 집중력이 떨어지고 매우 피로한 상태에서 운전을 하다가 교차로에서 신호를 위반한 차와 측면 충돌하는 사고를 당했습니다. 다행히도 그녀는 안전벨트를 하고 있었고, 속도가 높지 않아 차량 파손도 크게 없었죠. 다친 곳도 없는 상태였고요.

하지만 A씨는 사고 당시 매우 놀랐고, 달려오는 차를 보고 '나는 꼼짝없이 죽었구나'라고 느끼면서 차와 부딪히는 순간 극도의 공포를 경험하게 됩니다. 이후 A씨는 불안 증상이 생겼고, 현재의 상태에 대해 기억하지 못하는 '해리성 기억 상실'을 보이게 되었습니다. 예민해지고 불안정한 상태가 지속되어 곧 치료를 시작하게 되었고요.

- **크게 다치지 않았어도 사고에 대한 공포로 트라우마가 생긴 거군요.**

○ 아파트 승강기 사고로 갇혀 있다 구출된 후 위와 같은 불안 증상으로 힘들어하는 분, 몇 년 전 심한 집중호우로 생명의 위협을 느낀 이후 증상이 나타난 분도 있습니다. 또한 지진 이후

에 자주 땅이 흔들리는 것 같다고 느끼며 밤에 잠을 잘 자지 못하는 등의 증상으로 병원을 찾는 분도 많습니다.

이처럼 증상이 유사하지만, 증상의 지속 기간이 1개월 미만이면 '급성 스트레스 장애'라고 진단하는데요, 이때 상담 치료를 받으면서 약물을 복용하게 되면 회복이 쉽게 되기도 합니다.

외상 직후에는 가족이나 친구, 동료처럼 도움을 받을 수 있는 사회적 지지 그룹들과 자주 접촉하고 대화하면서 약물 치료를 병행하는 것이 바람직합니다. 원하지 않는 사람에게 외상 당시의 경험에 대해 자세히 말하게 하는 것은 스트레스를 악화시킬 수 있기에 주의해야 합니다.

- **외상 후 스트레스 장애는 그 이유가 워낙 다양해서,
  그에 따른 대처법도 다를 것 같은데요.**

○ 외상 후 스트레스 장애는 외상에 대한 기억, 즉 굉장한 공포나 고통과 관련된 기억이 자꾸만 반복되는 것이 핵심입니다. 그 기억이 교통사고이냐, 지진이냐, 태풍 해일이냐에 따라 다르게 형성되지는 않습니다.

일반적으로, 인간으로서 어떻게 대처할 수 없는 자연재해로 인해 생긴 트라우마에서 더 심한 무력감과 공포를 느끼기 때문에 증상이 심하게 나타날 수 있다고 보지만, 외상에 대한 기억과 그에 대한 증상에 접근할 때는 외상의 종류에 따라 접근하는 것은 아닙니다.

대신, 개인이 받아들이는 고통의 정도 등에 따라 접근합니다. 이를테면 아주 심한 교통사고를 겪은 후에도 잘 극복하는 사람이 있는가 하면, 사고가 나지 않았지만 상대 차량의 난폭 운전으로 사고를 겪을 뻔한 일을 경험한 후 심한 공포나 상황에 대한 반복된 회상 등으로 장애 증상을 겪는 분도 있습니다.

- **심각하진 않은데, 평소에 불안을 호소하는 사람이 많습니다. 일상에서 느끼는 외상 후 스트레스 불안을 해소할 방법이 있다면 알려주세요.**

○ 규칙적인 일상을 유지하는 것이 가장 중요합니다. 불안을 느낀다고 하던 일을 그만두고 휴식을 취하는 것보다는 평소에 하던 활동을 지속하고 현실에 집중하는 것이 필요합니다.

그 외에도 불안한 생각이 들 때는 심호흡을 하는 등의 호흡 훈련, 명상, 가벼운 산책이나 잠깐이나마 주변인들과 일상적인 대화를 나누는 것이 심리적 안정에 도움이 됩니다.

재난에 대해서는 '부정확한 괴담'보다 객관적인 사실을 파악하는 것이 중요합니다. 평소 '비상시 안전한 대처법' 등을 미리 숙지하면 불안감을 줄이는 데 도움이 될 수 있습니다. 외상후 스트레스 장애는 치료 시기가 늦어 만성화가 되면, 사회에서 고립되고 개인이나 그 가족에게 매우 큰 고통을 안겨줄 수 있습니다. 그러므로 현재 어려움을 겪고 있다면 가까운 병원에서 상담을 받으시길 꼭 당부드립니다.

마음 처방전

우리는 이대로
정말 괜찮은 걸까?

"도대체 어떻게 이겨내야 할지 모르겠어요. 주위 사람들과 상황들이 다 너무 짜증나요. 한편으로는 내가 왜 이러지? 원래 이랬던 내가 아닌데 하는 생각이 들어 한심하게 느껴지고요."

많은 분이 상담실에서는 그동안 참았던, 꾹꾹 눌러왔던 어려움을 폭포수처럼 쏟아냅니다. 대부분이 현재 상황을 힘들어하면서도 한편으로는 스스로가 견뎌내는 힘이 작아졌다고 느낍니다. 두 가지 마음이 동시에 있는 것이지요.

이럴 때 내담자를 향해 저는 힘들고 속상한 마음에 충분히 머물도록 도와주면서, 한편으로 공존하며 견뎌내는 건강한 힘을 들여다볼 수 있도록 상담을 시작합니다.

세상일은 늘 내가 원하는 대로 돌아가지 않습니다. 내 마음도 내 마음대로 안 되는데, 하물며 타인의 마음을 말해 무엇 할까요? 우리는 이미 이 진리를 알고 있습니다. 살아오면서 내가 최선을 다해도 노력한 만큼 100퍼센트 보상이 주어지는 것이 아니며, 나쁜 일을 한다고 해서 100퍼센트 벌을 받지도 않는다는 사실을 말이죠. 그렇지만 최선을 다하고 노력하면 인정받고 보상받을 확률이 올라가고, 나쁜 행동을 많이 하다 보면 점차 궁지에 몰릴 확률이 높아진다는 것을 알고 있습니다.

이러한 세상의 법칙을 우리는 머릿속으로 대충 그려보고, 매일매일 살아가면서 그 법칙에 우리 몸을 적응시켜가며 노력합니다. 그런데 평소 아무렇지도 않은 사람이라도 갑자기 엄청난 스트레스를 받고 나서는 일상에서의 자존감과 자신감이 한순간에 무너질 수 있습니다.

이럴 때의 변화를 크게 두 가지로 나누어 생각해볼 수 있습니다. 우선은 예측할 수 없는 스트레스를 받을 때, 다음으로는 내 몸과 신체의 건강이 무너졌을 때입니다.

다음 달에 중요한 승진 시험이 있고, 작년에 당뇨병을 진단받아 매달 병원에 가야 하는 상황이라면, 우리는 그럭저럭 잘 이겨낼 가능성이 큽니다. 승진 시험은 미리 예견된 것이고, 당뇨병을 진단받았을 당시는 충격이 컸겠지만 그사이 충분한 '시간'이 있어 병을 관리하고 예측할 힘이 생겼기 때문입니다.

누구든 태어나면서부터 언젠가 생을 마무리한다는 것을 알고 있지만, 그 사실에 충격을 받는 사람은 없습니다. 이미 다 알고 있고 예견된 것이기 때문이지요.

이처럼 우리에게는 예측 가능한 스트레스와 이를 받아들일 충분한 시간이 필요합니다. 그런데 우연히 한 건강 검진에서 말기 암 진단을 받고, 회사의 구조 조정으로 갑작스럽게 실직할 위기에 처했다면 문제가 달라집니다. 또는 건강하던 아이가 갑자기 신종 감염병에 감염되어 하루아침에 의식 불명에 빠지는 경우라면요? 우리는 어찌할 바를 모르게 되고, 지나친 스트레스로 견뎌낼 힘을 잃게 될 수 있습니다.

감당할 수 없는 힘든 병과 경제적 어려움은 누구에게나 큰 위기를 안겨줍니다. 신경외과 의사인 폴 칼라니티(Paul Kalanithi)는 그의 책《숨결이 바람 될 때》에서 그가 돌보는, 생사를 넘나드는 환자들의 보호자에게 우선은 충분히 쉬어야 한다고 설명하며 '커다란 그릇에 담긴 비극은 숟가락으로 조금씩 떠주는 것이 최고다'라고 말하기도 했습니다.

우리는 큰 위기를 겪으면, 절망한 나머지 온갖 부정적인 생각이 머릿속에 떠올라 마음이 괴롭습니다. 주위 사람에게 떠오르는 힘든 생각과 감정들을 쏟아내지만, 함께 견뎌줄 사람들이 없다면 분위기만 싸해지고 말죠. 그런 순간에는 평소라면 아무렇지도 않게 넘어갔을 일들이 하나하나 마음을 후벼파 더 힘들어집니다.

직장에서 누군가 놓친 일을 스스로 이중 점검하며 마무리하고 인정받으며 보람을 느껴왔지만, 위와 같은 상황이라면 '왜 나만 이런 일을 해야 해?', '왜 다들 게으르지?' 하는 부정적인 생각이 떠오르게 됩니다.

부정적인 감정과 생각은 보통 어떻게 표현될까요? 대체로는 '화'나 '분노'로 나타납니다. 그런 강렬한 감정은 쉽게 전염되고, 누구든 피하고 싶어 하므로 우리는 본능적으로 화내는 사람 앞에서는 얼어붙습니다. 결국 악순환인 거죠. 스스로 어찌할 바를 알 수 없어서 표현한 감정 때문에 주위 사람이 나를 떠나게 되고, 또 상처를 받습니다.

그렇다면 어떻게 우리는 그 감정을 잘 이겨내고, 다시 일어설 수 있을까요? 폴 칼라니티의 말처럼 '조금씩'이 필요합니다. 때때로 암 진단을 받은 직후 그 암의 진행 단계나 치료 방법 등에 대해 알기도 전에 가망이 없다는 극단적인 생각에 빠져 우울해하는 분이 있습니다. 자녀의 정신 질환 진단을 처음 듣게 된 경우도 비슷합니다. '다른 아이들은 평범하게 잘 자라는데, 왜 우리 아이에게만 이런 일이 생겼나' 하는 생각에 절망하고 '내가 잘못 키워서 그럴지도 몰라'라고 자책하며 매일 밤을 뜬 눈으로 지새우는 부모들도 흔합니다.

태풍처럼 휘몰아치는 부정적 감정과 생각들로 괴로울 때, 우리는 그 순간에 잠시 멈춰서 숨 고르기를 해야 합니다. 먼저, 그 순간 나를 힘들게 하는 한 가지에만 집중하고 그 감정에 몰입해보세요. 가족 중의 누군가가 큰 병에 걸렸다면 우선은 병원 예약, 신뢰할 만한 의료진 찾기, 치료 비용 등 해결해야 할 일들을 순차적으로 계획해 보는 겁니다. 그리고 그 순간에 느끼는 불안, 두려움, 화 등의 감정에 조용히 집중해보세요. 스스로의 힘든 감정을 잘 들여다보고 인정해주지 않으면 우리는 이겨낼 힘 또한 얻을 수 없습니다.

때로는 나를 힘들게 하는 상황들을 있는 그대로 받아들이고, 인정하고 '견뎌내는' 힘이 필요합니다. 그러다 보면 내 속에서 숨어 있던, 아픔을 이겨낼 수 있는 긍정의 힘을 이끌어낼 수 있습니다.

우리, 힘들어도
함께 세상을 헤쳐나가요

얼마 전 저에게 상담하고 간 B씨는 어느 중견 회사의 기획부 팀장입니다. B씨는 책임감이 매우 강하고 정직한 사람으로, 맡은 일을 완수하기 위해서는 퇴근이 늦어지는 일도 가리지 않습니다. 몸을 사리지 않고 열심히 일한 덕분에 부서에서 인정을 받아 일찍 승진도 했습니다.

그런데 상사가 되고 보니 그냥 시키던 일만 열심히 할 때와는 다릅니다. 부하 직원들의 일 처리 방식이나 행동이 다 내 맘 같지 않은 것이죠. 시킨 일도 제때 하지 않고 요령껏 게으름을 피웁니다. 저러다 일이 늦어지면 큰일인데 싶어 이리 뛰고 저리 뛰고 스스로 다 해결하려다 보니 늘 진이 빠지는 건 본인이었죠. '내가 너무 무능한가?', '직원들이 나를 무시하나?' 하는 생각으로 마음이 괴로워지기도 했고요.

그러던 중 회사에 손실이 생길 수 있는 큰 문제가 발생했습니다. B씨는 식은땀을 흘리며 일을 처리하는데, 그 와중에 부하 직원인 K씨는 사소한 일에 집착하며 자꾸 질문만 합니다. B씨는 쓸데없는 일에 관심을 두는 K씨가 너무 한심해 보입니다.

부하 직원인 K씨는 상사인 B씨가 어느 날부터 자신을 냉랭하게 대하자 '뭔가 이상해'라는 느낌을 받습니다. 하지만 이유를 알 수 없어 답답할 뿐입니다. 그러다 갑자기 불안해집니다. 불안한 마음이 계속되자 문득 과거의 어떤 일이 떠올랐습니다. 학창 시절 K씨는 학교에서 따돌림을 당한 경험이 있었습니다. 크게 잘못한 일이 없는데 학교 일진이었던 선배에게 걸려 혼이 났죠. 그 후로 친한 친구들도 K씨를 슬슬 피했습니다. 당시 그는 너무 괴롭고 홀로 남겨진 기분이 들었습니다. K씨는 지금이 그때와 같은 기분이라고 합니다. 사무실에 앉아 있어도 괴로운 마음만 들고, 일에 온전히 집중할 수가 없습니다.

이처럼 사람은 각자 자기만의 렌즈를 가지고 있습니다. 세상의 사물과 상황이 그 렌즈로 들어오면 내가 가진 틀에 맞춰 세상을 보게 됩니다. 같은 곳을 보고 있지만, 나는 먼 곳을 볼 수 있는 광각 렌즈로 보고 상대는 가까운 거리만 보이는 단 렌즈로 본다면 전혀 다른 세상을 보게 됩니다.

또한 B씨는 '왜 사람들이 이렇게 책임감이 없을까', '내가 이렇게 열심히 하는데 왜 아무도 알아주지 않을까?'라고 생각합니다. 실제 그는 부하 직원들이 할 만한 일도 도맡아 하는 편이라서 '열심히 도와주면 그들도 고마워하겠지', '나를 보고 본받아서 솔선수범하겠지'라며 기대하고 있습니다.

그렇지만 결과적으로는 아무도 알아주는 것 같지 않고, 어쩌다 힘에 부쳐 한소리하면 직원들은 되레 자신에게 화를 내는 듯합니다. 그래서 늘 괴롭습니다. 특히 자신에게 무례하게 대한 직원은 특히나 보기가 싫습니다. 아예 말을 안 하게 되고, 외면하게 되죠. 반대로 K씨도 B씨가 너무 불편합니다. 갑자기 냉랭해지는 모습이 무섭기도 하고, 멀리하고 싶기도 합니다.

보통 서로 갈등이 생기고 오해가 생겼을 때 당사자가 모여 그 상황을 서로 애기하며 상황을 비교하는 것이 좋다고 합니다만, 안타깝게도 오해가 가득 찬 당사자끼리 모인다고 상황이 쉽게 풀어지지는 않습니다. 왜냐하면 우리는 서로 다른 상황을 보고, 서로 다른 스토리로 기억을 연상하기 때문입니다. 우리 머릿속의 감독은 우리가 가진 특수한 렌즈로 세상을 비추며 어떤 장면을 기억이라는 머릿속 영화에 넣을지 말지를 결정하게 되는 거죠. 그래서 우리가 의식적으로 깨닫고 알아차리기도 전에, 내 몸이 먼저 상대방에게 반응하는 것입니다.

그래서 내가 항상 쓰는 렌즈로만 세상을 바라보고, 그렇게 사람과 소통하다 보면 문제를 해결하기 힘든 경우가 생깁니다. '아! 세상을 바라보고 있는 나의 렌즈가 좀 흐릿할 수도 있겠다', '혹시 초점이 안 맞는 건 아닐까?' 하는 물음이 필요합니다.

스스로를 들여다보는 시간, 더불어 주위를 둘러보는 따스한 시선만이 좀 더 행복한 우리가 되는 방법이 아닐까요. 우리의 마음이, 스스로 행복해지는 그날이 지금 이 책을 읽는 순간이기를 바라며, 용기를 내어 저에게 많은 이야기를 공유해준 분들께 진심으로 감사의 마음을 전합니다.

마음이 답답할 때
꺼내보는 책

초판 1쇄 발행   2021년 5월 20일
초판 4쇄 발행   2024년 11월 30일

지은이   김민경

발행인   정윤아

발행처   SISO

출판등록   2015년 1월 8일

이메일   siso@sisobooks.com

카카오톡채널   출판사SISO

인스타그램   @sisobook_official

© 김민경, 2021
정가   14,500원

ISBN   979-11-89533-64-9 (03800)